11.95

EL ASTILLERO

JUAN CARLOS ONETTI

EL ASTILLERO

BIBLIOTECA BREVE
EDITORIAL SEIX BARRAL, S. A.
BARCELONA - CARACAS - MÉXICO

Primera edición: 1961
(Compañía General Fabril Editora, Buenos Aires)

Diseño cubierta: △TRIANGLE
(Fotografía original: Carles Ameller)

Primera edición
en Biblioteca Breve: junio de 1978
Segunda edición: diciembre de 1979
Tercera edición: diciembre de 1980

© 1961 y 1980: Juan Carlos Onetti

Derechos exclusivos de edición
reservados para todos los países de habla española:
© 1980: Editorial Seix Barral, S. A.
Tambor del Bruc, 10 - Sant Joan Despí (Barcelona)

ISBN: 84 322 0341 6
Depósito legal: B. 40.042 - 1980

Printed in Spain

SANTA MARÍA - I

HACE CINCO AÑOS, cuando el Gobernador decidió expulsar a Larsen (o *Juntacadáveres*) de la provincia, alguien profetizó, en broma e improvisando, su retorno, la prolongación del reinado de cien días, página discutida y apasionante —aunque ya casi olvidada— de nuestra historia ciudadana. Pocos lo oyeron y es seguro que el mismo Larsen, enfermo entonces por la derrota, escoltado por la policía, olvidó en seguida la frase, renunció a toda esperanza que se vinculara con su regreso a nosotros.

De todos modos, cinco años después de la clausura de aquella anécdota, Larsen bajó una mañana en la parada de los "omnibuses" que llegan de Colón, puso un momento la valija en el suelo para estirar hacia los nudillos los puños de seda de la camisa, y empezó a entrar en Santa María, poco después de terminar la lluvia, lento y balanceándose, tal vez más gordo, más bajo, confundible y domado en apariencia.

Tomó el aperitivo en el mostrador del Berna, persiguiendo calmoso los ojos del patrón hasta obtener un silencioso reconocimiento. Almorzó allí, solitario y rodeado por las camisas a cuadros de los camioneros. (Ahora éstos disputaban al ferrocarril las cargas hasta El Rosario y los pueblos litorales del norte; parecían haber sido paridos así, robustos, veinteañeros, gritones y sin pasado, junto con el camino de macadam inaugurado unos meses atrás.) Se cambió después a una mesa próxima a la puerta y a la ventana para tomar el café con gotas.

Son muchos los que aseguran haberlo visto en aquel

9

mediodía de fines de otoño. Algunos insisten en su actitud de resucitado, en los modos con que, exageradamente, casi en caricatura, intentó reproducir la pereza, la ironía, el atenuado desdén de las posturas y las expresiones de cinco años antes; recuerdan su afán por ser descubierto e identificado, el par de dedos ansioso, listo para subir hasta el ala del sombrero frente a cualquier síntoma de saludo, a cualquier ojo que insinuara la sorpresa del reencuentro. Otros, al revés, siguen viéndolo apático y procaz, acodado en la mesa, el cigarrillo en la boca, paralelo a la humedad de la avenida Artigas, mirando las caras que entraban, sin otro propósito que la contabilidad sentimental de lealtades y desvíos; registrando unas y otras con la misma fácil, breve sonrisa, con las contracciones involuntarias de la boca.

Pagó el almuerzo, con la exagerada propina de siempre, reconquistó su pieza en la pensión de encima del Berna y después de la siesta, más verdadero, menos notable por haberse aliviado de la valija, se puso a recorrer Santa María, pesado, taconeando sin oírse, paseando ante la gente y puertas y vidrieras de comercios su aire de forastero incurioso. Caminó sobre los cuatro costados y las dos diagonales de la plaza como si estuviera resolviendo el problema de ir desde A hasta B, empleando todos los senderos y sin pisar sus pasos anteriores; fue y volvió frente a la verja negra, recién pintada, de la iglesia; entró en la botica, que seguía siendo de Barthé —más lento que nunca, más característico, más alerta—, para pesarse, comprar jabón y dentífrico, contemplar como a la imprevista foto de un amigo el cartel que anunciaba: "El farmacéutico estará ausente hasta las 17".

Insinuó después una excursión a los alrededores, fue bajando, aumentando el balanceo del cuerpo, tres o cuatro de las cuadras que llevan a la convergencia del camino de la costa con el que va a la Colonia, por la descuidada calle en cuyo final está la casita con balcones celestes, alquilada ahora por Morentz, el dentista. Lo vieron más tarde cerca del molino de Redondo, con los zapatos hundidos en el pasto mojado, fumando contra un árbol; golpeó las manos en la granja de Mantero, compró un vaso de leche y pan, no contestó directamente a las preguntas de los que trataron de ubicarlo ("estaba triste, envejecido y con ganas de pelear; mostraba el dinero como si tuviéramos miedo de que se fuera sin pagarnos"). Llegó, probablemente, a perderse durante unas horas en la Colonia, y reapareció, a las siete y media de la tarde, en el mostrador del bar del Plaza que no había visitado nunca cuando vivió en Santa María. Estuvo repitiendo allí, hasta la noche, las farsas de agresión y curiosidad que atribuyeron a su estada del mediodía en el Berna.

Disputó benévolo con el *barman* —con una tacita, mantenida alusión al tema que llevaba cinco años de enterrado— acerca de fórmulas de cócteles, del tamaño de los pedazos de hielo, del largo de las cucharas de revolver. Tal vez haya esperado a Marcos y sus amigos; miró al doctor Díaz Grey y no quiso saludarlo. Pagó esta otra cuenta, empujó sobre el mostrador la propina y fue bajándose con seguridad y torpeza del taburete, fue caminando por la tira de linóleo, balanceándose con el premeditado compás, corto y ancho, seguro de que la verdad, aunque marchita, iba naciendo de los golpes de sus zapatos y se transfería al aire, a los demás, con insolencia, con sencillez.

Salió del hotel y es seguro que cruzó la plaza para dormir en la habitación del Berna. Pero ningún habitante de la ciudad recuerda haberlo visto nuevamente antes de que se cumplieran quince días de su regreso. Entonces, era un domingo, todos lo vimos en la vereda de la iglesia, cuando terminaba la misa de once, artero, viejo y empolvado, con un diminuto ramo de violetas que apoyaba contra el corazón. Vimos a la hija de Jeremías Petrus —única, idiota, soltera— pasar frente a Larsen, arrastrando al padre feroz y giboso, casi sonreír a las violetas, parpadear con terror y deslumbramiento, inclinar hacia el suelo, un paso después, la boca en trompa, los inquietos ojos que parecían bizcos.

FUE LA CASUALIDAD, claro, porque Larsen no podía saberlo. De todos los habitantes de Santa María, sólo Vázquez, el distribuidor de diarios, puede aceptarse como posible corresponsal de Larsen durante los cinco años de destierro; y no está probado que Vázquez sepa escribir y no es creíble que el astillero en ruinas, la grandeza y decadencia de Jeremías Petrus, el caserón con estatuas de mármol y la muchacha idiota sean temas de cualquier hipotético epistolario de Froilán Vázquez. O no fue la casualidad, sino el destino. El olfato y la intuición de Larsen, puestos al servicio de su destino, lo trajeron de vuelta a Santa María para cumplir el ingenuo desquite de imponer nuevamente su presencia a las calles y a las salas de los negocios públicos de la ciudad odiada. Y lo guiaron después hasta la casa con mármoles, goteras y pasto crecido, hasta los enredos de cables eléctricos del astillero.

Dos días después de su regreso, según se supo, Larsen salió temprano de la pensión y fue caminando lentamente —acentuados, para quienes pudieran reconocerlo, el balanceo, el taconear, la gordura, aquella expresión de condescencia, de hacer favores y rechazar el agradecimiento— por la rambla desierta, hasta el muelle de pescadores. Desdobló el diario para sentarse encima, estuvo mirando la forma nublada de la costa de enfrente, el trajinar de camiones en la explanada de la fábrica de conservas de Enduro, los botes de trabajo y los que se apartaban, largos, livianos, incomprensiblemente urgidos, del Club de Remo. Sin abandonar la piedra húmeda del muelle, almorzó pescado frito, pan y vino, que le vendieron muchachitos descalzos, insistentes, vestidos aún con sus harapos de verano. Vio el derribo de la balsa y su descarga, examinó con negligencia las caras del grupo de pasajeros; bostezó, separó de la corbata negra el alfiler con perla para limpiarse los dientes. Pensó en algunas muertes y esto lo fue llenando de recuerdos, de sonrisas despectivas, de refranes, de intentos de corrección de destinos ajenos, en general confusos, ya cumplidos, hasta cerca de las dos de la tarde, cuando se levantó, hizo correr dos dedos ensalivados por la raya de los pantalones, recogió el diario aparecido la noche anterior en Buenos Aires y se fue mezclando con la gente que descendía la escalinata para ocupar la lancha entoldada, blanca, que iba a remontar el río.

Viajó leyendo en el diario lo que ya había leído de mañana en la cama de la pensión, se mantuvo indiferente a los balanceos, con una pierna sobre una rodilla; el sombrero contra una ceja, la cara insolente, ignorante y alzada, disimulando el esfuerzo de los ojos para leer, defendiéndose de las probabilidades de ser observado y reconocido. Bajó en el muelle' que llamaban Puerto Astillero, detrás de una mujer gorda y vieja, de una canasta y una niña dormida, como podría, tal vez, haber bajado en cualquier parte.

Fue trepando, sin aprensiones, la tierra húmeda paralela a los anchos tablones grises y verdosos, unidos por yuyos; miró el par de grúas herrumbradas, el edificio gris, cúbico, excesivo en el paisaje llano, las letras enormes, carcomidas, que apenas susurraban, como un gigante afónico, Jeremías Petrus & Cía. A pesar de la hora, dos ventanas estaban iluminadas. Continuó andando entre casas pobres, entre cercos de alambre con tallos de enredaderas, entre gritos de cuzcos y mujeres que abandonaban la azada o interrumpían el fregoteo en las tinas para mirarlo con disimulo y esperar.

Calles de tierra o barro, sin huellas de vehículos, fragmentadas por las promesas de luz de las flamantes columnas de alumbrado; y a su espalda el incomprensible edificio de cemento, la rampa vacía de barcos, de obreros, las grúas de hierro viejo que habrían de chirriar y quebrarse en cuanto alguien quisiera ponerlas en movimiento. El cielo había terminado de nublarse y el aire estaba quieto, augural.

—Poblacho verdaderamente inmundo —escupió Larsen; después se rió una vez, solitario entre las cuatro lenguas de tierra que hacían una esquina, gordo, pequeño y sin rumbo, encorvado contra los años que había vivido en Santa María, contra su regreso, contra las nubes compactas y bajas, contra la mala suerte.

Dobló a la izquierda, hizo dos cuadras y entró en el Belgrano, bar, restaurante, hotel y ramos generales. Es decir, entró en un negocio que tenía alpargatas, botellas y cuchillas de arado en la vidriera, un cartel con luces eléctricas sobre la puerta, un piso mitad de tierra y mitad de baldosas coloradas, en un negocio que muy pronto aprendería a llamar, para sí mismo, "lo de Belgrano". Se sentó a una mesa para pedir cualquier cosa, albergue, cigarrillos que no había, un anís con soda; sólo le quedaba esperar la lluvia y soportar oírla y verla —a través del vidrio con palabras en círculo, hechas con polvo matamoscas y que elogiaban a un sarnífugo— mientras durara en el barro expectante y en el zinc del techo. Después sería el fin, la renuncia a la fe en las corazonadas, la aceptación definitiva de la incredulidad y de la vejez.

Pidió otro anís con soda, y estaba mezclando cuidadoso las bebidas, pensando en años muertos y en *pernod* legítimo, cuando se abrió la puerta y la mujer llegó, casi corriendo, hasta el mostrador, y él pudo unir un anterior ruido de caballos con la alta figura en botas que recitaba enardecida, frente al patrón, y con la otra, redonda, achinada, mansa, que cerró sin ruido la puerta, presionando apenas contra el viento que se acababa de levantar, y fue a colocarse paciente, servicial, dominadora, detrás de la primera.

Larsen supo en seguida que algo indefinido podía hacerse; que para él contaba solamente la mujer con botas, y que todo tendría que ser hecho a través de la segunda mujer, con su complicidad, con su resentida tolerancia. Esta, la sirvienta —que aguardaba un paso atrás, separadas las gruesas piernas cortas, las manos juntas sobre el vientre, la cabeza rodeada por un pañuelo oscuro, sin más expresión que la risa enfriada, desprovista adrede de motivos—, no servía como problema al aburrimiento de Larsen: pertenecía a un tipo sabido de memoria, clasificable, repetido sin variantes de importancia, como hecho a máquina, como si fuera un animal, fácil o complejo, perro o gato, ya se vería. Examinó a la otra, que continuaba riéndose y golpeaba con la fusta el borde de lata del mostrador: era alta y rubia, tenía a veces treinta años y otras cuarenta.

Le quedaban restos de infancia en los ojos claros que entornaba para mirar —una luz rabiosa, desafiante, que se arrepentía en seguida— un poco en el pecho liso, en la camisa de hombre y el pequeño lazo de terciopelo al cuello; un convincente remedo en las piernas largas, en el sobrio trasero de muchacho, libre dentro del pantalón de montar. Tenía los dientes superiores grandes y salientes, y reía a sacudidas, con la cara asombrada y atenta, como eliminando la risa, como viéndola separarse de ella, brillante y blanca, excesiva; alejarse y morir en un segundo, derretida, sin manchas ni ecos, sobre el mostrador, sobre los hombros del dueño, entre las telarañas que unían las botellas en el estante. Tenía el pelo dorado y largo peinado hacia atrás, sujeto en la nuca por otra cinta de terciopelo negro.

—Hay que embromarse —comentó Larsen, reflexivo y con entusiasmo; movió un dedo para pedir más anís al mozo y descubrió con una sonrisa que la lluvia, muy suave, golpeaba en el techo y en la calle, compañera, interlocutora, perspicaz.

Porque el pelo largo, opaco, con las puntas retorcidas y más oscuras, colgaba sin edad contra la camisa de la mujer; y de la forma de lirio, de cerradura, del pelo metálico, salía la cara pálida, con arrugas recientes, con desgaste y pintura, con pasado, con su risa estridente que no se reía de nada, que sonaba, inevitable, como hipo, como tos, como estornudo.

No había nadie más sentado a las mesas del negocio; era seguro que cuando las mujeres salieran pasarían a su lado, y lo mirarían. Pero el instante aconsejaba otra cosa, otra manera de ser mirado. Larsen arregló la corbata, hizo sobresalir el pañuelo de seda en el bolsillo, y fue lentamente hasta el mostrador. Tapó a la mujer con su hombro izquierdo y mantuvo una sonrisa cortés para el dueño.

—No vengo a quejarme por el anís —dijo con voz baja y sonora—. Yo sé que en estos tiempos... ¿Pero no tiene una marca mejor? —el patrón dijo que no, arriesgó después un nombre. Larsen sacudió la cabeza con liviano desencanto; escuchaba el silencio de la mujer a su lado, el "bueno vamos es tarde se vino la lluvia" de la sirvienta en segundo plano, en un fondo remoto y presente. Nombró sin éxito marcas extranjeras, monótono, también él sin fe, como si diera una lección.

—Está bien, señor, no importa. Déjeme mirar las etiquetas.

Apoyado en el mostrador, siempre sonriente y perdonador, leyó con lentitud las letras en las botellas de los estantes. La mujer volvió a reírse y él no quiso mirarla; algo le decía que sí, el rumor de la lluvia hablaba de revanchas y de méritos reconocidos, proclamaba la necesidad de que un hecho final diera sentido a los años muertos.

—Pero yo estoy seguro, señorita, que todo se tiene que arreglar. Demorará más o menos —dijo el patrón.

Ella volvió a reírse, encogió el cuerpo hasta que la risa terminó de salir y fue modificada, absorbida, por la lluvia perezosa, seria, inflexible.

—Esperate. Tenés miedo de mojarte —dijo a la sirvienta, sin volverse; no podría saberse a quién miraba; los ojos se movían a un lado y otro, quedaban fijos dos centímetros encima de la cabeza del patrón—. Él dice que todo tiene que arreglarse. Él puso el dinero y el trabajo, la idea y los planes. Los gobiernos pasan y todos dicen que sí, que tiene razón; pero pasan y no arreglan —volvió a reír, esperó resignada a que la risa se desprendiera de sus grandes dientes salidos, estuvo removiendo los ojos con excusa e imploración—. Desde chica. Ahora parece cierto, cuestión de semanas. No me importa por mí, pero todas las mañanas voy a la iglesia, con ésta, a pedir que las cosas se arreglen, alguna vez, antes que él esté demasiado viejo. Sería muy triste.

—No, no —dijo el patrón—. Tiene que ser, y pronto. —acodado en el mostrador, Larsen miraba con sorpresa y bondad la cara de la sirvienta; sonrió, mantuvo una fina línea de sonrisa hasta que ella, balanceándose, se puso a pestañear y separó los labios. Dio un paso sin dejar de mirarlo, tocó la camisa de la otra mujer.

—Vamos que llueve, que va a ser noche —dijo.

Entonces Larsen alzó del mostrador la fusta, veloz y cortés, para ofrecerla a la mujer del pelo largo, la risa, y las botas, sin palabras, sin mirarla. Esperó a que se fueran, las vio montar los caballos en el paisaje amarillento y desconsolado de la vidriera, reanudó con el patrón la charla estéril sobre anises, invitó a tomar y no hizo preguntas y mintió para contestar las que le hicieron.

Oscurecía y apenas lloviznaba cuando empezó a moverse para tomar la última lancha a Santa María, anduvo lento, dejándose mojar por las gotas que caían de los árboles, hasta la penumbra y la soledad del muelle. No quería proyectar ni admitir. Pensó distraído en la mujer del traje de montar; imaginó el ímpetu, el hastío.

LA GLORIETA - I

Estuvo, como se ha dicho, dos semanas después en el atrio, al final de la misa, ofreciendo con un gesto tímido el ramo de primeras violetas que sostenía contra el pecho; estuvo allí, en el mediodía de un domingo, segregando, sin defenderse, el ridículo, rígido y tranquilo, engordando sin prisa en el interior del abrigo oscuro y entallado, indiferente, solo, abandonándose como una estatua a las miradas, a la intemperie, a los pájaros, a las palabras despectivas que nunca le repetirían en la cara. Esto fue en junio, por San Juan, cuando la hija de Petrus, Angélica Inés, estuvo viviendo unos días en Santa María, en casa de unos parientes, cerca de la Colonia.

Y después estuvo —ya de vuelta en Puerto Astillero e instalado en una habitación sórdida, a los fondos de lo de Belgrano— junto al portón de hierro donde se enlazaban con discreción una J y una P. Pisó el jardín abrumado de yuyos de la casa que había construido Petrus sobre catorce pilares de cemento, junto al río, próximo al astillero. Cuchicheó a lo largo de noches ambiguas, rememorativas, profesionales, con la sirvienta. Tenía treinta años, había sido criada por la esposa difunta de Petrus, estaba gastando su vida en un juego de adoración, de fraternidad, de dominio, de revancha, en el que "la niña" y su estupidez eran a la vez el objeto, el aliciente y el otro jugador. Hasta que obtuvo una serie de encuentros, casi idénticos y tan semejantes que podrían haber sido recordados como tediosas repeticiones de una misma escena fallida; encuentros cuya gracia estaba igualmente repartida entre la distancia, la luminosidad del invierno que se había hecho seco, la suave incongruencia de los largos y blancos vestidos de Angélica Inés Petrus, la lentitud dramática del movimiento con que Larsen liberaba su cabeza del sombrero negro y lo sostenía unos segundos, unos centímetros, por encima de su sonrisa, hechizada, candorosa, postiza.

Luego vino el primer encuentro verdadero, la entrevista en el jardín en que Larsen fue humillado sin propósito y sin saberlo, en que le fue ofrecido un símbolo de humillaciones futuras y del fracaso final, una luz de peligro, una invitación a la renuncia que él fue incapaz de interpretar. No reconoció la calidad novedosa del problema que lo enfrentaba con miradas furtivas, escondiendo la mitad de la sonrisa para moderse las uñas; la vejez o el exceso de confianza le hicieron creer que la experiencia puede llegar a ser, por extensión y riqueza, infalible.

El viejo Petrus estaba en Buenos Aires, inventando escritos reivindicatorios con su abogado o buscando pruebas de su visión de pionero, de su fe en la grandeza de la nación, o trotando encogido, piadoso e indignado por oficinas de ministerios, por gerencias de bancos. Josefina, la sirvienta, dijo que sí después de dos noches de asedio; después de tener en los hombros, por sorpresa, un pañuelo de seda; después de ruegos, exaltaciones del amor y sus tormentos, que no se originaban exclusivamente en Angélica Inés Petrus sino —con amplitud, con vaguedad— en todas las mujeres que habían suspirado sobre la tierra, con especial inclusión de ella, Josefina, la sirvienta.

De modo que Larsen recorrió una tarde, a las cinco, la calle de eucaliptos, lento, de negro, planchado, limpio, digno, con un paquete de dulces colgado de un dedo, defendiendo los zapatos relucientes de los charcos de la última lluvia, pesado de trucos y seguridades, codicioso y contenido.

—Como un reloj —dijo Josefina en el portón, un poco burlona, un poco amarga; tenía un delantal nuevo, lleno de dibujos de flores y almidón.

Larsen se tocó el ala del sombrero y le ofreció la bandeja de dulces.

—Traje algo —dijo con disculpa, con modestia.

Ella no extendió un dedo para tomar el paquete por el lazo de cinta celeste como esperaba *Junta*; lo sostuvo con la mano, vertical, como un libro, contra la curva del muslo y miró al hombre de arriba abajo desde la sonrisa enternecida hasta las puntas de charol, incólumes.

—Me gustaría no haberlo hecho —dijo—. Pero ahora lo está esperando. No se olvide de lo que le dije. Toma el té y se va, la respeta.

—Claro, mi hija —asintió Larsen; le buscó los ojos y fue ensombreciendo la cara—. Como usted quiera. Si lo prefiere, me voy desde la puerta. Usted manda, mi hija.

Ella volvió a mirarlo, ahora en los ojos pequeños, plácidos, que sostenían sin esfuerzo el decoro y la obediencia. Encogió los hombros y se puso a caminar por el jardín. Con el sombrero en la mano, mirándole las caderas, la firmeza del paso, Larsen la siguió con desconfianza, inseguro de que lo hubiera invitado a entrar.

El pasto había crecido a su capricho durante todo el año, por lo menos, y las cortezas de los árboles tenían manchas blancas y verdes, de humedad sin brillo. En el centro del jardín —a Larsen le bastaba, ahora, seguir con el oído la continuidad de los pasos, el ruido de cuchilla de las piernas de la mujer entre los yuyos— había un estanque, redondo, defendido por un muro de un metro, musgoso, con grietas ocupadas por tallos secos. Junto al estanque, después del estanque, una glorieta, también circular, hecha con listones de madera, pintados de un azul marino y desteñido, que imponían formas de rombo al aire. Más allá de la glorieta estaba la casa de cemento, blanca y gris, sucia, cúbica, numerosa de ventanas, alzada sin gracia por los pilares, excesivamente, sobre el nivel de las probables crecidas del río. En todas partes, manchadas y semicubiertas por el ramaje, blanqueaban mujeres de mármol desnudas. "Lo están dejando convertir en una ruina, pensó Larsen con disgusto; doscientos mil pesos y me quedo corto; y quién sabe cuánto terreno hay atrás, desde la casa al río." Josefina bordeó el estanque y Larsen, dócilmente, miró de reojo el agua sucia, la confusión de las plantas en la superficie, el angelito que se encorvaba en el centro.

La mujer se detuvo en la puerta de la glorieta y alzó con pereza un brazo. Defraudado, Larsen hizo una sonrisa y un cabeceo, se quitó el sombrero y avanzó hacia la mesa de cemento de la glorieta, rodeada de sillas de hierro, cubierta por un mantel bordado, por tazas, por un vaso de violetas, por platos con tortas y dulces.

—Póngase cómodo. En seguida llega. La tarde no está fría —dijo Josefina, sin mirarlo, balanceando la mano con el paquete.

—Gracias, todo está perfecto —volvió a inclinar la cabeza hacia la mujer, hacia la forma baja y presurosa que se alejaba rozando las maderas de la glorieta.

Tratando de analizar su sensación de estafa, Larsen colgó su sombrero de un clavo, palpó el asiento de hierro y puso sobre él un pañuelo abierto antes de sentarse.

Eran las cinco de la tarde, al fin de un día de invierno soleado. A través de los tablones mal pulidos, groseramente pintados de azul, Larsen contempló fragmentos rombales de la decadencia de la hora y del paisaje, vio la sombra que avanzaba como perseguida, el pastizal que se doblaba sin viento. Un olor húmedo, enfriado y profundo, un olor nocturno o para ojos cerrados, llegaba desde el estanque. Al otro lado, la casa se alzaba sobre los delgados prismas de cemento, sobre el alto hueco de oscuridad violácea, sobre pilas de colchones y asientos de verano, una manga de riego, una bicicleta. Bajando un párpado para mirar mejor, Larsen veía la casa como la forma vacía de un cielo ambicionado, prometido; como las puertas de una ciudad en la que deseaba entrar, definitivamente, para usar el tiempo restante en el ejercicio de venganza sin trascendencia, de sensualidades sin vigor, de un dominio narcisista y desatento.

Murmuró una palabra sucia y sonrió mientras se levantaba para recibir a las dos mujeres. Estaba seguro de que era adecuada una expresión de leve sorpresa y supo aprovecharla después, en el principio de la conversación: "Estaba esperándola, pensando en usted, y casi me había olvidado de dónde estaba y de que usted iba a venir; así que cuando apareció era como si se me hiciera verdad lo que pensaba." Casi se impuso luego para servir el té; pero comprendió, ya separadas las nalgas de la silla, que en el mundo difícil de la glorieta la cortesía podía expresarse pasivamente. Ella iniciaba una frase —después de revolver los ojos como un animal acorralado, en guardia, pero sin miedo, con una viejísima costumbre de hostigamiento y peligros—, creía terminarla, hacerla comprensible y recordable con dos golpes de risa. Quedaba entonces un momento con los ojos y la boca abiertos, sin sentido, como si los usara para escuchar, hasta que las dos notas de la carcajada podían considerarse definitivamente diluidas en el aire. Se ponía seria, buscaba huellas de la risa en la cara de Larsen y apartaba la mirada.

Más allá de los losanges de la glorieta, lejana y presente, amputada por los yuyos, Josefina discutía con un perro, afirmaba los tutores de las rosas. Dentro de la glorieta estaba el problema, aún sin planteo, la cara blanca y sumisa dentro del ancho peinado, los brazos gruesos y blancos que se movían para interrumpirse, para caer sin acabar las confesiones. Estaba el vestido malva, anchísimo más abajo de la cintura, largo hasta los zapatos hebillados, lleno de adornos sobre el pecho y los hombros. Afuera y adentro, encima de ellos, tocando el cuerpo enhiesto y engordado de Larsen, la tarde de invierno, el aire tenso y caduco.

—Cuando vino la inundación en la casa vieja —dijo ella—, ya no estaba mamá, era de noche, empezamos a subir las cosas al piso de los dormitorios, cada uno arrastraba lo que más quería y era como una aventura. El caballo que tenía más miedo que nosotros, las gallinas ahogadas y los muchachos que se pusieron a vivir en bote. Papito estaba furioso pero nunca se asustó. Los muchachos pasaban en los botes entre los árboles y nos querían traer comida y nos invitaban a pasear. Comida teníamos. Ahora, en la casa nueva, puede subir el agua. Los muchachos pasaban remando y no les importaba, venían de todas partes en los botes y hacían señas con los brazos agitando camisas.

—Adivine cuándo —dijo Larsen en la glorieta—. Ni en mil años, porque a usted no le importó. Yo estaba en el Belgrano y había llegado por casualidad; ese negocio a una cuadra del astillero. No sabía qué hacer de mi vida, créame; me tomé una lancha y me bajé donde me gustó. Empezó a llover y me metí allí. Así eran las cosas cuando usted aparece. Desde aquel momento tuve la necesidad de verla y hablarle. Para nada; y yo no soy de aquí. Pero no quería irme sin verla y hablarle. Ahora sí, ahora respiro: mirarla y decirle cualquier cosa. No sé lo que me tiene reservado la vida; pero este encuentro ya me compensa. La veo y la miro.

Josefina golpeó al perro y lo hizo ladrar: entraron juntos en la glorieta y la mujer miró sonriente y jadeando la cara de Angélica Inés, el perfil dolorido de Larsen, los platos olvidados en la mesa de cemento.

26

—No pido nada —dijo Larsen en voz alta—. Pero me gustaría volver a verla. Y le doy las gracias, tantas gracias, por todo.

Hizo chocar los tacones y se inclinó; fue a descolgar su sombrero mientras la hija de Petrus se levantaba y reía. Inclinándose otra vez, Larsen recogió el pañuelo de la silla.

—Ya es de noche —susurró Josefina. Apoyaba una cadera en el listón de la entrada y miraba la mano que ofrecía a los saltos del perro—. Salga que lo acompaño.

Guiado por el cuerpo de la sirvienta, Larsen se mezcló, sordo y ciego, con los reiterados vaticinios del frío, de los roces filosos de los yuyos, de la luz afligida, de los ladridos distantes.

Incauto y rejuvenecido, apretó la mandíbula de Josefina bajo la *J* y la *P* del portón y se inclinó para besar.

—Gracias, querida —dijo—. Sé agradecer.

Pero ella le detuvo la boca con una mano.

—Quieto —dijo, distraída, como si hablara con un caballo manso.

No se sabe cómo llegaron a encontrarse Jeremías Petrus y Larsen.

Es indudable que la entrevista fue provocada por éste, tal vez con la ayuda de Poetters, el dueño del Belgrano; resulta inadmisible pensar que Larsen haya pedido ese favor a ningún habitante de Santa María. Y es aconsejable tomar en cuenta que hacía ya medio año que el astillero estaba privado de la vigilancia y la iniciativa de un Gerente General.

De todos modos, la reunión fue en el astillero y a mediodía; tampoco entonces pudo Larsen entrar en la casa alzada sobre pilares.

—Gálvez y Kunz —dijo Petrus, señalando—. La administración y la parte técnica de la empresa. Buenos colaboradores.

Irónicos, hostiles, confabulados para desconcertar, el joven calvo y el viejo de pelo negro le dieron la mano con indiferencia, miraron en seguida a Petrus y le hablaron.

—Mañana terminamos con la comprobación del inventario, señor Petrus —dijo Kunz, el más viejo.

—La verificación —corrigió Gálvez, con una sonrisa de exagerada dulzura, frotándose las puntas de los dedos—. Hasta el momento no falta un tornillo.

—Ni una grampita —afirmó Kunz.

Apoyado en el escritorio, siempre cubierto con el sombrero negro, prolongando una oreja con la mano para oír, Petrus entornó los ojos hacia la ventana sin vidrios y hacia la luz y el frío de la tarde; tenía los labios apretados y sacudía la cabeza nervioso y solemne, asintiendo puntual a cada una de las ideas que se le ocurrían.

Larsen volvió a mirar la hostilidad y la burla en las caras inmóviles de los dos hombres que aguardaban. Enfrentar y retribuir el odio podía ser un sentido de la vida, una costumbre, un goce; casi cualquier cosa era preferible al techo de chapas agujereadas, a los escritorios polvorientos y cojos, a las montañas de carpetas y biblioratos alzadas contra las paredes, a los yuyos punzantes que crecían enredados en los hierros del ventanal desguarnecido, a la exasperante, histérica comedia de trabajo, de empresa, de prosperidad que decoraban los muebles (derrotados por el uso y la polilla, apresurándose a exhibir su calidad de leña), los documentos, sucios de lluvia, sol y pisotones, mezclados en el piso de cemento, los rollos de planos blanquiazules reunidos en pirámide o desplegados y rotos en las paredes.

—Exactamente —dijo por fin Petrus con su voz de asma—. Poder dar a la Junta de Acreedores, periódicamente, sin que ellos lo pidan, la seguridad de que sus intereses están fielmente custodiados. Tenemos que resistir hasta que se haga justicia; trabajar, yo lo hice siempre, como si no hubiera pasado nada. Un capitán se hunde con su barco; pero nosotros, señores, no nos vamos a hundir. Estamos escorados y a la deriva, pero todavía no es naufragio —el pecho le silbó durante la última frase, las cejas se alzaron, expectantes y orgullosas; hizo ver veloz los dientes amarillos y se rascó el ala del sombrero—. Que terminamos mañana sin falta la verificación del inventario, señores; por favor. Señor Larsen...

Larsen miró, lento y provocativo, las dos caras que lo despedían con sonrisas parejas, acentuando la burla de origen impreciso, confesando además, y sin saberlo, una inevitable complicidad de casta. Después, siguiendo el cuerpo erguido y trotante de Petrus, respiró consciente y sin despecho, apenas entristecido, el aire oloroso a humedad, papeles, invierno, letrina, lejanía, ruina y engaño. Sin volverse, oyó que Gálvez o Kunz decía en voz alta:

—El gran viejo del astillero. El hombre que se hizo a sí mismo.

Y que Gálvez o Kunz contestaba, con la voz de Jeremías Petrus, ritual y apático:

—Soy un pionero, señores accionistas.

Cruzaron dos oficinas sin puertas —polvo, desorden, una soledad palpable, el entrevero de cables de un conmutador telefónico, el insistente, increíble azul de los planos en ferroprusiato, idénticos muebles con patas astilladas— antes de que Petrus circundara una enorme mesa ovalada, sin otra cosa encima que tierra, dos teléfonos, secantes verdes, gastados y vírgenes.

Colgó el sombrero e invitó a Larsen a sentarse. Meditó un instante, las grandes cejas juntas, las manos abiertas sobre la mesa; después sonrió de improviso entre las largas patillas chatas mirando los ojos de Larsen, sin mostrar alegría, sin ofrecer otra cosa que los largos dientes amarillos, y tal vez, el pequeño orgullo de tenerlos. Friolento, incapaz de indignación y de verdadero asombro, Larsen fue asintiendo en las pausas del discurso inmortal que habían escuchado, esperanzados y agradecidos, meses o años atrás, Gálvez, Kunz, decenas de hombres miserables —desparramados ahora, desaparecidos, muertos algunos, fantasmas todos— para los cuales las frases lentas, bien pronunciadas, la oferta variable y fascinante, corroboraban la existencia de Dios, de la buena suerte o de la justicia rezagada pero infalible.

—Más de treinta millones, señor. Y esta cifra no incluye la enorme valorización de algunos de los bienes en los últimos años, ni incluye tampoco muchos otros que aún pueden ser salvados, como kilómetros de caminos que en parte vuelvan a convertirse en tierra, y el primer tramo de la vía férrea. Hablo de lo que existe, de lo que puede ser negociado en cualquier momento por esa suma. El edificio, el hierro de los barcos, máquinas y piezas que usted podrá ver en cualquier momento en el cobertizo. El señor Kunz recibirá instrucciones al respecto. Todo indica que muy pronto el juez levantará la quiebra y entonces, libres de la fiscalización, verdaderamente asfixiante, burocrática, de la Junta de Acreedores, podremos hacer renacer la empresa y darle nuevos impulsos. Cuento desde ahora con los capitales necesarios; no tendré más trabajo que elegir. Es para eso que me serán importantes sus servicios, señor. Soy buen juez de hombres y estoy seguro de no arrepentirme. Pero es necesario que usted tome contacto con la empresa sin pérdida de tiempo. El puesto que le ofrezco es la Gerencia General de Jeremías Petrus, Sociedad Anónima. La responsabilidad es muy grande y la tarea que lo espera será pesada. En cuanto a sus honorarios, quedo a la espera de su propuesta tan pronto como esté usted en condiciones de apreciar qué espera la empresa de su dedicación, de su inteligencia y de su honradez.

Había estado hablando con las manos frente a la cara, unidas por las puntas de los dedos; volvió a ponerlas sobre la mesa, a mostrar los dientes.

—Le voy a contestar, señor, como usted dice —repuso Larsen, calmoso—, cuando estudie el panorama. No son cosas para andar improvisando —reservó la cifra que había redondeado desde días atrás, desde que Angélica Inés le confirmara, mirándolo incrédula, muequeante, no sólo en el principio del amor sino también del respeto, que el viejo Petrus pensaba ofrecerle un puesto en el astillero, una posición tentadora y firme, algo capaz de retener al señor Larsen, un cargo y un porvenir que superaran las propuestas de Buenos Aires que el señor Larsen estaba considerando.

Jeremías Petrus se levantó y recogió el sombrero. Caviloso, aceptando a disgusto el regreso de la fe, rebelándose tibiamente contra la sensación de amparo que segregaban las espaldas encogidas del viejo, Larsen lo custodió a través de las dos habitaciones vacías en el aire luminoso y helado de la sala principal.

—Los muchachos se han ido a comer —dijo Petrus, tolerante, con un tercio de su sonrisa—. Pero no perdamos tiempo. Venga por la tarde y preséntese. Usted es el Gerente General. Tengo que irme para Buenos Aires a mediodía. Los detalles los arreglaremos después.

Larsen quedó solo. Con las manos a la espalda, pisando cuidadoso planos y documentos, zonas de polvo, tablas gemidoras, comenzó a pasearse por la enorme oficina vacía. Las ventanas habían tenido vidrios, cada pareja de cables rotos enchufaba con un teléfono, veinte o treinta hombres se inclinaban sobre los escritorios, una muchacha metía y sacaba sin errores las fichas del conmutador ("Petrus, Sociedad Anónima, buenos días"), otras muchachas se movían meneándose hasta los ficheros metálicos. Y el viejo obligaba a las mujeres a llevar guardapolvos grises y tal vez ellas creyeran que era él quien las obligaba a conservarse solteras y no dar escándalo. Trescientas cartas por día, lo menos, despachaban los chicos de la Sección Expedición. Allá en el fondo, invisible, creído a medias, tan viejo como hoy, seguro y chiquito, el viejo. Treinta millones.

Los muchachos, Kunz y Gálvez, estaban comiendo en lo de Belgrano. Si Larsen hubiera atendido su propia hambre aquel mediodía, si no hubiera preferido ayunar entre símbolos, en un aire de epílogo que él fortalecía y amaba, sin saberlo —y ya con la intensidad de amor, reencuentro y reposo con que se aspira el aire de la tierra natal—, tal vez hubiera logrado salvarse o, por lo menos, continuar perdiéndose sin tener que aceptarlo, sin que su perdición se hiciera inocultable, pública, gozosa.

Varias veces, a contar desde la tarde en que desembarcó impensadamente en Puerto Astillero, detrás de una mujer gorda cargada con una canasta y una niña dormida, había presentido el hueco voraz de una trampa indefinible. Ahora estaba en la trampa y era incapaz de nombrarla, incapaz de conocer que había viajado, había hecho planes, sonrisas, actos de astucia y paciencia sólo para meterse en ella, para aquietarse en un refugio final desesperanzado y absurdo.

Si hubiera recorrido el edificio vacío para buscar la escalera de salida —milagrosamente, una mujer de metal continuaba volando a su pie, sonriente, con las ropas y el pelo arrastrado rígidamente por un viento marino, sosteniendo sin esfuerzo una desproporcionada antorcha con llama de cristal retorcido—, es seguro que habría entrado a almorzar en lo de Belgrano. Y entonces hubiera ocurrido —ahora, antes de que aceptara perderse— lo que sucedió veinticuatro horas después, en el mediodía siguiente, cuando él ya había hecho, ignorándolo, la elección irrevocable.

Porque al siguiente mediodía entró en lo de Belgrano y vio que Gálvez y Kunz se volvían para mirarlo desde la mesa en que comían; no lo invitaron a sentarse con ellos, no lo llamaron. Pero mantuvieron sus ojos, sus caras de asechanza y liviana sabiduría dirigidas hacia él, sin pedir nada ni desearlo, como si contemplaran un cielo nublado y esperaran desinteresados la caída de la lluvia. De modo que Larsen se acercó a la mesa desprendiéndose el sobretodo, y roncó:

—Permiso, si no molesto.

Renunció al fiambre para alcanzarlos; comieron la sopa, el asado y el flan mientras hablaban, vehementes, insinceros, sin tomar partido, de climas, cosechas, políticas, la vida nocturna en las diversas capitales de provincia. Cuando fumaban sobre pocillos de café, Kunz, el más viejo, que parecía teñirse el pelo y las cejas, miró a Gálvez y señaló a Larsen con un dedo.

—¿Así que usted es el nuevo Gerente General? ¿Cuánto? ¿Tres mil? Perdone, pero como Gálvez está a cargo de la administración lo vamos a saber muy pronto. Tiene que anotarlo en los libros. Acreditado al señor Larsen, ¿Larsen, verdad?, dos o tres o cinco mil pesos por sus honorarios correspondientes al mes de junio.

Larsen lo miró, primero a uno, un rato, después al otro, tomándose tiempo; había construido una frase insultante, sonora, ideal para su voz de bajo y para el silabeo moroso. Pero no pudo comprobar que se burlaran; el más viejo, peludo y redondo, corpulento, encorvado como una araña, con la piel de la cara marcada por arrugas profundas y escasas, Kunz, lo miraba sin otra cosa que curiosidad y un brillo de ilusión infantil en los ojos renegridos; el otro, Gálvez, mostró con franqueza la dentadura de adolescente y se acarició calmoso la cabeza desnuda.

"Nada más que divertidos, como si buscaran un chisme para contárselo esta noche a las mujeres que no tienen. O que tal vez tengan, pobres desgraciados los cuatro. No hay motivo para pelear."

—Es así, como dice —dijo Larsen—. Soy el Gerente, o lo voy a ser si el señor Petrus acepta mis condiciones. Además, no hace falta decirlo, tengo que estudiar la situación real de la empresa.

—¿La situación real? —preguntó Gálvez—. Está bien.

—Recién conocemos al señor —dijo Kunz con un relámpago de sonrisa respetuosa—. Pero lo correcto es decirle la verdad.

—Un momento —interrumpió Gálvez—. Usted es el experto en alta técnica. Puede decir si las cosas se pudren por la humedad del río, o por el oxígeno. Al fin, todo se pudre, todo cría cáscara y hay que tirarlo o venderlo. Para eso está; y para conseguir negocios, Gerente Técnico, dos mil pesos. Nunca me olvido, ningún mes, de cargarlos a Jeremías Petrus Sociedad Anónima. Pero esto es otra cosa, esto es mío. Señor Larsen: suponiendo que usted decida aceptar el cargo de Gerente General ¿puedo preguntarle qué sueldo piensa pedir? No es más que curiosidad, le pido que comprenda. Yo anotaré lo que usted diga, cien pesos o dos millones, con todo respeto.

—Algo entiendo de llevar libros —sonrió Larsen.

—Pero podría orientar al amigo —dijo Kunz, sonriènte, sirviéndose vino—. Podría violar secretos y ayudarlo con antecedentes.

—Claro, ya estaba decidido —asintió Gálvez, agitando la cabeza calva—. Para eso le preguntaba. Sólo quería saber cuál era el sueldo de un Gerente General del astillero a juicio del señor Larsen.

—Debería decirle cuánto cobraron los anteriores.

—No me importa, gracias —dijo Larsen—. Lo estuve pensando. Por menos de cinco mil no me quedo. Cinco mil cada mes y una comisión sobre lo que pase más adelante —mientras alzaba el pocillo del café para chupar el azúcar, se sintió descolocado y en ridículo; pero no pudo contenerse, no pudo dar un paso atrás para salir de la trampa—. Estoy viejo para hacer méritos. Con eso me arreglo, puedo ganar eso en otro lado. Lo que me importa es hacer marchar la empresa. Ya sé que hay millones.

—¿Qué tal? —preguntó Kunz a Gálvez, inclinando la cara sobre el mantel.

—Bueno, está bien —dijo Gálvez—. Espere —se acarició el cráneo y aproximó a Larsen la sonrisa—. Cinco mil. Lo felicito, es el máximo. Tuve Gerentes Generales de dos, de tres, de cuatro y de cinco. Está bien, es un sueldo para el puesto. Pero permítame; el último de cinco mil, otro alemán, Schwartz, que pidió una escopeta prestada para matarme a mí o al señor Petrus, pionero, no se sabe con certeza, y estuvo una semana haciendo guardia en la puerta de atrás, entre mi casa y el edificio, y al fin disparó, dicen para *el Chaco*, trabajaba por cinco mil hace un año. Es por ayudarlo. Yo sé que la moneda bajó mucho desde entonces. Usted podría pedir, ¿no le parece, Kunz?, seis mil.

—Me parece correcto —dijo Kunz, peinándose la melena con las manos, repentinamente serio y triste—. Seis mil pesos. No es demasiado, no es poco. Una suma adecuada al puesto.

Entonces Larsen encendió un cigarrillo y se echó hacia atrás, sonriente, condenado a defender algo que ignoraba, a pesar del ridículo y el error.

—Gracias otra vez —dijo—. Cinco mil está bien. Mañana empezamos. Les prevengo que me gusta que se trabaje.

Los dos hombres asintieron con la cabeza, pidieron más café, dedicaron tiempo y silencio a ofrecerse cigarrillos y fósforos. Miraron por la ventana la calle gris y barrosa: Gálvez fue alzando a sacudidas la cabeza pelada para un estornudo que no vino, después pidió la cuenta y la firmó. En el último charco de la calle desierta el cielo se reflejaba, marrón y sucio. Larsen pensó en Angélica Inés y en Josefina, en cosas pasadas que tenían la virtud de consolarlo.

—Bueno, cinco mil si prefiere —dijo Gálvez, después de mirar a Kunz—. A mí me da lo mismo, es el mismo trabajo. Pero dicen, acá se sabe todo, que usted es casi el yerno. Lo felicito si es verdad. Una chica muy buena y los treinta millones. No en efectivo, claro, no todo suyo;

pero nadie se animaría a discutirme que es el capital social.

Perdido y empezando a saberlo, provocador y lánguido, Larsen movió los labios y la lengua para cambiar de lugar al cigarrillo en la boca.

—En cuanto a eso no hay nada concreto y es personal —dijo con lentitud—. A ustedes, sin ofensa, sólo debe importarles que soy el Gerente y que mañana empezamos a trabajar en serio. Esta tarde la voy a dedicar a mandar telegramas y hablar por teléfono a Buenos Aires. Hoy hagan lo que quieran. Mañana a las ocho estoy en la oficina y vamos a reorganizar las cosas.

Se levantó, se puso sin convicción el sobretodo ajustado. Estaba triste, irresoluto, buscando en vano una fórmula de adiós que pudiera fortalecerlo, sin otro recurso que el odio, actuando, como en una borrachera, por medio de impulsos en que no era posible creer.

—A las nueve —dijo Gálvez alzando la sonrisa—. Nunca llegamos antes. Pero si me necesita, se corre hasta la casita al lado del cobertizo, del hangar, y me llama. A cualquier hora, no molesta.

—Señor Larsen —Kunz se levantó con una expresión de inocencia donde se marcaban las arrugas como cicatrices—. Mucho gusto en comer con usted. Serán cinco mil, como usted mande. Pero permítame decirle que pide poco; una miseria en realidad.

—Adiós —dijo Larsen.

Pero esto sucedió demasiado tarde, veinticuatro horas después. Aquel mediodía de la entrevista con Petrus, ya Gerente General, aunque no hubiera elegido aún su sueldo, Larsen olvidó el almuerzo y después de evocar los cuerpos, las preocupaciones, los gestos desaparecidos del enorme salón que habían dividido las oficinas, empezó a bajar, lento y ruidoso, la escalera de hierro que llevaba a los galpones y a los restos del muelle.

Descendió con torpeza, sintiéndose en falso y expuesto, estremeciéndose con exageración cuando, en el segundo tramo, las paredes desaparecieron y los escalones de hierro rechinantes giraron en el vacío. Caminó después sobre la tierra arenosa y húmeda, cuidando los zapatos y los pantalones de las ramas de los yuyos. Pasó junto a un camión con las ruedas hundidas; quedaban algunas piezas carcomidas en el motor descubierto. Escupió hacia el vehículo y a favor del viento. "Parece mentira. Y el viejo no ve esto. Más de cincuenta mil si lo hubieran cuidado, con sólo meterlo bajo techo." Enérgico, irguiéndose, cruzó frente a una casilla de madera con tres escalones en el umbral y entró en el enorme galpón sin puertas que aprendería a llamar cobertizo o hangar.

A pesar de la luz gris, del frío, del viento que gemía en los agujeros de las chapas del techo, de la debilidad de su cuerpo hambriento, caminó, pequeño y atento, entre máquinas herrumbradas e incomprensibles, por el desfiladero, que formaban las estanterías enormes, con sus nichos cuadrilongos rellenos de tornillos, bulones, gatos, tuercas, barrenas, resuelto a no ser desanimado por la soledad, por el espacio inútilmente limitado, por los ojos de las herramientas atravesados por los tallos rencorosos de las ortigas. Se detuvo en el fondo del galpón, cerca de una pila de balsas para naufragio —"ocho personas en cada una, tela como un colador, madera impudrible, bandas de goma, mil pesos y me quedo corto"—, para recoger un plano azul con maquinarias y letras blancas, embarrado, endurecido, con largas hojas de pasto ya inseparables.

—Flor de abandono —dijo en voz alta, amargo y despectivo—. Si no sirve, se archiva. No se tira en los galpones. Esto tiene que cambiar. El viejo que lo tolera debe estar loco.

Ni siquiera hablaba para un eco. El viento descendía en suaves remolinos y entraba ancho, sin prisas, por un costado del galpón. Todas las palabras, incluyendo las sucias, las amenanzantes y las orgullosas, eran olvidadas apenas terminaban de sonar. No había nada más, desde siempre y para la eternidad, que el ángulo altísimo del techo, las costras de orín, toneladas de hierro, la ceguera de los yuyos creciendo y enredándose. Tolerado, pasajero, ajeno, también estaba él en el centro del galpón, impotente y absurdamente móvil, como un insecto oscuro que agitara patas y antenas en el aire de leyenda, de peripecias marítimas, de labores desvanecidas, de invierno.

Se guardó el plano en un bolsillo del sobretodo, tratando de no mancharse. Con un lado de la boca sonrió, indulgente y viril —como a viejos rivales, tantas veces vencidos que el mutuo antagonismo era ahora blando y simpático como un hábito—, a la soledad, al espacio y a la ruina. Juntó las manos en la espalda y volvió a escupir, no contra algo concreto, sino hacia todo, contra lo que estaba visible o representado, lo que podía recordarse sin necesidad de palabras o imágenes; contra el miedo, las diversas ignorancias, la miseria, el estrago, y la muerte. Escupió sin sacudir la cabeza, con una coordinación perfecta de los labios y la lengua; escupió hacia arriba y hacia el frente, experto y definitivo, siguiendo con impersonal complacencia la parábola del proyectil. No pensó la palabra oficina ni la palabra escritorio; pensó: "Voy a instalar mi despacho en la pieza donde está el conmutador ya que el viejo se reservó la más grande, la que tiene o le quedan mamparas de vidrio".

Debían ser las dos de la tarde; Gálvez y Kunz habrían vuelto ya para completar el inventario; era imposible conseguir un almuerzo en el Belgrano. Separando vigorosamente el lomo de la piia de balsas que se estropeaban bajo una rotura del techo, con las manos hundidas en los bolsillos del sobretodo, seguro con exactitud de los centímetros de su estatura, del ancho de los hombros, de la presión de los tacones sobre la tierra perennemente húmeda, sobre los pastos tenaces, se puso en marcha hacia la entrada del galpón. Iba con el sombrero descuidado en la cabeza, los ojos moviéndose a compás, desconfiados por deber, para pasar revista a las filas de máquinas rojizas, paralizadas tal vez para siempre, a la monótona geometría de los casilleros colmados de cadáveres de herramientas, alzada hasta el techo del edificio, continuándose, indiferente y sucia, más allá de la vista, más allá del último peldaño de toda escalera imaginable.

Fue, paso a paso, con la velocidad que intuía apropiada a la ceremonia, cargando deliberadamente con la amargura y el escepticismo de la derrota para sustraerlos a las piezas de metal en sus tumbas, a las corpulentas máquinas en sus mausoleos, a los cenotafios de yuyo, lodo y sombra, rincones distribuidos sin concierto que habían contenido, cinco o diez años antes, la voluntad estúpida y orgullosa de un obrero, la grosería de un capataz. Iba vigilante, inquieto, implacable y paternal, disimuladamente majestuoso, resuelto a desparramar ascensos y cesantías, necesitando creer que todo aquello era suyo y necesitando entregarse sin reservas a todo aquello con el único propósito de darle un sentido y atribuir este sentido a los años que le quedaban por vivir y, en consecuencia, a la totalidad de su vida. Paso a paso, oprimiendo sin ruido la suavidad del piso, sin dejar de mover los ojos a derecha e izquierda, hacia máquinas estropeadas, hacia bocas de casilleros tapados con telarañas. Paso a paso hasta salir al viento frío y débil, a la humedad que se agolpaba en neblina, ya perdido y atrapado.

De modo que Larsen ya estaba hechizado y resuelto cuando entró en lo de Belgrano, al mediodía siguiente y almorzó con Gálvez y Kunz. Nunca se supo con certeza si eligió encabezar la lista mensual de sueldos con cinco o seis mil pesos. En realidad, su preferencia por una y otra cifra sólo podía tener importancia para Gálvez, que escribía la lista a máquina, con varias copias, cada día 25, interrumpiéndose para frotarse la calva con ataques de furia. Cada día 25 volvía a descubrir, a comprender el absurdo regular y permanente en que estaba sumergido. La revolución periódica lo obligaba a interrumpirse y caminar, ir y volver por la gran sala desierta, las manos en la espalda, el cuello envuelto con la bufanda marrón, deteniéndose frente a la mesa de dibujo de Kunz para mostrarle la risa blanca, silenciosa, siempre exasperada y pronta.

De modo que fueron cinco o seis mil, puntualmente acreditados en los libros, cinco o seis, según las supersticiones de Larsen lo inclinaran a los números pares o nones. Había elegido la cifra y el resto y ahora llegaba cada mañana antes que nadie, pensaba, temblando de frío, sin admitir que sólo había aventajado a Gálvez y a Kunz, para instalarse en la pieza designada como asiento de la Gerencia General, el despacho dominado por el conmutador telefónico, con su entrevero negro de cables, ahora menos polvoriento y sucio, definitivamente sordo y mudo.

"Este pobre gordito, este difunto sin sepelio, esta hormiguita laboriosa", podría haber dicho Larsen de sí mismo dos meses antes, si hubiera podido verse entrar a las ocho de la mañana en el despacho de la Gerencia General, quitarse el sombrero, el sobretodo y los guantes, acomodar el cuerpo en la silla cubierta por cuero agujereado, y revisar las pilas de carpetas que había seleccionado y puesto encima del escritorio la tarde anterior.

Los timbres funcionaban, o volvieron a funcionar, desde que él dedicó una jornada a trabajar en los cables. Había pintado con letras negras *Gerencia General* sobre el vidrio escamoso de la mampara. En la mitad de la mañana interrumpía el aburrimiento de los azules "muy señores nuestros" precedidos siempre por una fecha de cinco o diez años atrás; interrumpía las historias de precios, toneladas y peritajes, de ofertas e infaltables contraofertas, para apretar uno de los dos timbres sobre el escritorio, Gálvez o Kunz, arreglarse la corbata y ensayar en la soledad una mirada y una sonrisa. Ellos, uno u otro, empezaban a burlarse desde que oían la trabajosa agitación de la campanilla; golpeando la puerta, pedían permiso, lo llamaban señor.

No iba a cobrar, en todo caso, ni cinco ni seis mil pesos a fin de mes. Pero nadie le negaba la satisfacción de imponer un asiento con una sonrisa, con un manoteo afectuoso, al hombre que empujaba la puerta de madera y vidrio de la Gerencia General, Gálvez o Kunz, ni tampoco el placer demente de hacer preguntas y obtener respuestas sobre temas de sonido prestigioso y que muy probablemente no aludieran a nada: alternativas de la balanza de pagos, límites actuales de la compresión de las calderas.

Cruzaba las piernas, reunía las yemas de los dedos frente a la boca, atenta y escéptica la cara redonda, e imaginaba a veces ser el viejo Petrus, manejar sus experiencias y sus intereses.

Todas las mentiras, los disparates, las irritadas burlas

que iba inventando el otro, uno de los dos, al otro lado del escritorio —con una oportuna profusión de sonrisas, de cabezadas, de mal calculados "señor Gerente General"— calentaban el corazón de Larsen.

—Entiendo, claro está, seguro, natural, lo que yo pensaba —iba diciendo en las pausas, alegre y discreto como si prestara dinero a un amigo.

Siempre al borde de los bostezos del mediodía, arrancaba una hoja del calendario de escritorio de años anteriores y apuntaba las palabras más extrañas que acababa de oír. Estaba deseando levantarse y abrazar al Gálvez o al Kunz, confesarse en una frase obscena, golpearle la espalda. Pero con voluntad y tristeza, no pasaba nunca de darle las gracias y despacharlo con un corto movimiento de la mano, con una sonrisa de amistad y aprobación.

Esperaba hasta oírlos salir; destrozaba pacientemente los papelitos atravesados por las palabras dudosas y extrañas, se ponía el sobretodo, el sombrero, los guantes, miraba desde un ventanal sin vidrios la soledad del hangar, de la tierra con agua y matas de yuyos que lo rodeaba, y hacía sonar los tacones sobre el piso polvoriento de la gran sala vacía. Entraba a lo de Belgrano por la puerta trasera de alambres que llevaba a las letrinas y al gallinero: se metía en su cuarto y esperaba el almuerzo leyendo *El Liberal,* tiritando en el sillón de mimbre y cretona raída, haciendo cortes de manga a los presagios que redoblaba el invierno contra el techo. Y por la tarde, al final de un día dedicado a remover, sacudir y hojear carpetas que registraban compras y trabajos que nada le decían a pesar de su empeño en imaginar, que nada podían significar ya para nadie, Larsen se aseguraba de que era el último en abandonar las oficinas, hacía girar cerraduras inútiles, y se iba hasta lo de Belgrano para afeitarse y ponerse la camisa de seda, siempre limpia y reluciente, un poco gastada en los puños. Mentía destinos plausibles al patrón si lo tropezaba al salir y daba largos rodeos, dibujaba sobre calles y aceras de tierra caminos siempre distintos e irresolutos, senderos vagos, novedosos, hijos de la trampa y la duplicidad.

Más tarde o más temprano, hacía sonar la pesada campana, cruzaba el portón de hierro, mostraba a la sirvienta —ahora burlona, huraña— una sonrisa entristecida por represiones visibles, un pequeño gesto de la boca, una mirada que insinuaban la resignación e inducían a compartirla. Avanzaba detrás de ella sin necesidad ya de ser guiado, entre olores y alturas vegetales, descubierto, entre los dos muros de la noche rápida perforados por la inmovilidad blanca de las estatuas.

Sonreía sin sombra de resignación al llegar a la glorieta, cincuenta metros después del portón: él era la juventud y su fe, era el que se labra un porvenir, el que construye un mañana más venturoso, el que sueña y realiza, el inmortal. Y tal vez besara a la mujer antes de sentarse sobre su pañuelo desplegado en el asiento de hierro, antes de prolongar la sonrisa correlativa, la de embeleso y asombro: he suspirado todo el día por este momento y ahora dudo de que sea cierto.

O tal vez sólo se besaran después de haber oído a la sirvienta y a los ladridos del perro alejarse hacia la casa sostenida por los postes de cemento, la casa cerrada para él, Larsen. ("Nada más que para ver, estar en los lugares donde vive, la sala, la escalera, la pieza de costura." Había estado pidiendo. Ella se sonrojó y cruzó las piernas: estuvo gastando la risa al suelo y después dijo que no, que nunca, que tenía que invitarlo Petrus.)

O tal vez, por entonces, no se besaran. Es posible que Larsen alargara su prudencia y esperara el momento inevitable en que descubriría en qué tipo de mujer encajaba la hija de Petrus, con qué olvidada María o Gladys coincidía, qué técnica de seducción podía usarse sin provocar el espanto, la histeria, el final prematuro. "Más loca que cualquier otra que pueda acordarme" —pensaba en su cama de lo de Belgrano, irritado y admirándola—. "Se ve que es de familia, que es rara, que nunca tuvo un hombre."

Si era así, si el miedo al fracaso y a otra cosa que no podía determinar fueron más fuertes para Larsen que la conciencia del deber o del oficio que lo impulsaba a no demorar la toma de posesión, a establecer sin pérdida de tiempo la única base que podía dar un sentido a sus relaciones con mujeres, es legítimo admitir, como la versión más importante y rica de las entrevistas crepusculares en la glorieta, la que hubiera dado Angélica Inés Petrus en el caso de que fuese capaz de construir una frase:

"Empiezo a sudar, a dar vueltas, dos horas, una hora antes de que llegue. Porque tengo miedo y miedo también de que no venga. Me pongo crema y me perfumo. Le miro la boca cuando se levanta los pantalones para sentarse, cuando me río alzo la mano hasta los ojos y lo miro como quiero, sin vergüenza. En la glorieta él me toma la mano; tiene olor a *bayrhum*, a mí, a cuando papá estuvo fumando cigarros en el baño, a espuma seca de jabón. Puedo sentir náuseas pero no asco. Josefina, *la Negra*, se ríe; ella sabe todo y no me lo dice; pero no sabe eso que yo sé. Le hago caricias o un regalo para que me pregunte. Pero eso nunca lo preguntó, porque no sabe, no puede imaginarlo. Cuando está rabiosa se ríe, me pregunta cosas que no quiero entender. Crema y perfume; miro desde la ventana o lo beso a *Dick, Dick* ladra, quiere bajar y que lo acompañe. Pienso verdades y mentiras, me confundo, siempre sé cuando es la hora, apenas me equivoco, y él no tiene más remedio que venir en el momento en que yo digo «camina desde la esquina al portón».

"Al principio yo hubiera querido que fuera hermano de papito y que tuviese la boca, las manos, la voz, distintas según las horas del día. Sólo esas cosas. Él viene y me quiere; tiene que venir porque yo no lo busqué. Ahora son amigos y están siempre juntos en la oficina cuando yo no los veo. Papá mira el cielo y tiene la cara sin brillo y flaca. Él no es así. Bajo y lo espero, me pongo a reír con *Dick* y todo lo que encuentro, rápida, para estar sin risa, o solo la que yo quiera tener, cuando él llega y me da la mano y empieza a mirarme. Entonces me río un poco y veo cómo se sienta: recoge los pantalones con los dedos, con dos golpecitos y se queda quieto con las piernas separadas. Pienso verdades de noche, cuando él no está y cuando encendemos velas a los santos y a los muertos. Pero en la glorieta siempre pienso mentiras; me habla, le miro la boca, le doy una mano, y él explica con paciencia quién soy y cómo. Pero también lloro. Cuando recuerdo la mentira en la cama me veo acariciar el pasto de la glorieta con los zapatos; nunca lo lastimo, trato de conocerlo. Pienso en mamá, en las noches siempre de invierno, en *Lord* durmiendo parado y la lluvia que le revienta en el lomo, pienso en Larsen muerto muy lejos, vuelvo a pensar y lloro."

48

LA CASILLA · I

EL ESCÁNDALO debe haberse producido más adelante. Pero tal vez convenga aludir a él sin demora para no olvidarlo. De todos modos, debe haber sucedido antes de que Larsen mirara nuevamente la cara de la miseria, antes de que Poetters, el dueño de lo de Belgrano, suprimiera las sonrisas y casi los saludos, antes de que terminara el crédito por las comidas y los lavados. Antes de que Larsen plagiara, gordo, enfurruñado, sin ingenio, como cuando aceptaba ser llamado *Juntacadáveres*, escenas de veinte y treinta años atrás, dietas de mate y tabaco, promesas que se repetían y se embotaban, sobornos humillantes para conseguir del mucamo una plancha, un cigarrillo, agua caliente por las mañanas.

El escándalo puede ser postergado y hasta es posible suprimirlo. Puede preferirse cualquier momento anterior a la tarde en que, al parecer, Angélica Inés Petrus entró y salió de la oficina de Larsen para detenerse en la puerta que comunicaba la gran sala con la escalera de entrada y donde hacía lentos remolinos el viento, para volver sin apuros, sin orgullo ni modestia, con el vestido roto sobre el pecho, arrancado por ella misma desde los hombros hasta la cintura mientras regresaba con el abrigo desprendido hacia las retintas letras, Gerencia General, sobre el vidrio despulido.

Podemos preferir el momento en que Larsen se sintió aplastado por el hambre y la desgracia, separado de la vida, sin ánimos para inventarse entusiasmos. Después del mediodía de un sábado estaba leyendo en un despacho un presupuesto de reparaciones dirigido un 23 de febrero de siete años atrás a Señores Kaye and Son

Co. Ltd., armadores del barco *Tiba*, entonces con averías en El Rosario. Habían pasado cuarenta y ocho horas de viento y lluvia, de la presencia inolvidable e impuesta del río hinchado y oscurecido; hacía cuatro o cinco días que sólo se alimentaba de las tortas y las jaleas que acompañaban el té en la glorieta.

Dejó la carpeta y fue alzando la cabeza; escuchó el viento, la ausencia de Gálvez y Kunz, sintió que también le era posible escuchar el hambre, que había pasado ahora del vientre a la cabeza y a los huesos. Tal vez el *Tiba* se hubiera hundido en marzo, siete años atrás, al salir de El Rosario, cargado de trigo. Tal vez su capitán, J. Chadwick, pudo hacerlo navegar sin novedad hasta Londres, y Kare and Son Co. Ltd. (Houston Line) lo hizo reparar en el Támesis. Tal vez Kaye and Son, o Mr. Chadwick, por poderes, aceptaron el presupuesto o aceptaron el precio final, después del regateo, y el barco gris sucio, alijado, con nombre de mujer, descendió el río y vino a echar anclas frente al astillero. Pero la verdad no podía ser hallada en aquella carpeta flaca que sólo guardaba un recorte de periódico, una carta fechada en El Rosario, la copia de otra que firmaba Jeremías Petrus y el minucioso presupuesto. El resto de la historia del *Tiba*, su desenlace feliz o lamentable, estaría perdido en las pilas de carpetas y biblioratos que habían formado el archivo y que cubrían ahora medio metro de las paredes de la Gerencia General y se desparramaban por el resto del edificio. Quizá lo descubriera el lunes, quizá nunca. En todo caso, disponía de centenares de historias semejantes, con o sin final; de meses y años de lectura inútil.

Cerró la carpeta y dibujó sus iniciales en la tapa para saber que ya la había leído. Se puso el sobretodo, recogió el sombrero y fue haciendo correr todas las cerraduras de puertas y muebles del piso de oficinas, todas las que funcionaban, las que tenían llaves y pestillo.

Se detuvo en el centro de la sala donde habían estado Administración, Correspondencia, parte de Técnica, y Exportación, frente al pupitre de Gálvez, mirando los enormes libros de contabilidad, forrados en arpillera, con el nombre de Petrus en las cubiertas, con las escalas de los índices en los costados.

El hambre no era ganas de comer sino la tristeza de estar solo y hambriento, la nostalgia de un mantel lavado, blanco y liso, con diminutos zurcidos, con manchas recientes; crujidos del pan, platos humeantes, la alegre grosería de los camaradas.

Recordó la casilla de madera donde vivía Gálvez, tal vez con una mujer, con niños, entre el cañaveral y el cobertizo. Era casi la una de la tarde. "Este asunto del *Tiba*, y el gringo Chadwick and Son. Cuando se producen esos casos, cuando llegan a nuestro conocimiento... ¿Se limita la empresa a mandar una carta o contamos con un agente en El Rosario? Digo El Rosario como cualquier puerto comprendido en nuestra zona de influencia. Perdone que los moleste fuera de horas de oficina."

Pero no lo dejaron hablar, suprimieron su obligación de hacer preguntas y mentir en el mismo momento en que él se detuvo, para descubrirse y sonreír, cerca del grupo agachado, torciendo un poco el cuerpo para que el humo del asado no le tocara el sobretodo. Decidieron no dejarlo hablar, sin palabras, sin mirarse, desde que lo vieron entrar en el viento y el descampado, avanzando por la escalera, negro, corto, desmañado, tanteando sonoro y cauteloso los peldaños de hierro, con sus pequeños pies lustrados, sujetándose el ala del sombrero, como si empuñara un arma, un símbolo de nobleza, una ofrenda valiosa.

—¿Un mate? Mi señora. Perdone que atienda el fuego que se quiere apagar —dijo Gálvez, sonriendo desde el humo en remolinos y el chirrido de la grasa.

El alemán se había puesto de pie y movió la cabeza para saludar; después alzó el brazo y le ofreció el mate.

—Gracias; sólo vine por un momento —dijo Larsen.

Se descubrió y mantuvo la mano estirada hacia la mujer, hermosa, ventruda y mal peinada que se le acercaba desde los escalones de la casilla, desde la zona de tablones que rodeaba la casilla, a la que debían llamar porche y donde se sentarían en las noches de verano para respirar el río, tal vez felices, tal vez agradecidos. La mujer tenía un sobretodo y zapatos de hombre, se balanceaba al andar, ancha, muy blanca; venía tocándose el pelo, no para intentar en vano remedar un peinado ni para disculpar la inexistencia o el deterioro del peinado, sino para que el viento no lo hiciera caer sobre los ojos.

—Es para mí un honor, señora —dijo Larsen, veloz y claro, sintiendo que la vieja sonrisa del primer encuentro con mujeres (deslumbrada, protectora e insinuante, y que no escondía del todo el cálculo) se le formaba sin esfuerzo, no alterada por el tiempo ni las circunstancias.

Se puso a chupar el mate y miró alrededor, la casa de madera que parecía la reproducción agrandada de una casilla de perro, con tres escalones vencidos que llevaban hasta el umbral, con rastros de haber estado pintada de azul, con una mal adherida timonera de barco fluvial, extraída del cadáver de algún *Tiba*.

Miró la desconfianza de los dos perros falderos, el edificio gris de las oficinas, el galpón de ladrillos, chapas, herrumbre, deterioro, la lámina del río, ilesa bajo el viento.

—No se está mal aquí —dijo con otra sonrisa, también fácil, cortésmente envidiosa.

La mujer, con los perros refugiados entre las piernas, alta, inconmovible, alzó los hombros del sobretodo y le mostró los dientes jóvenes y manchados.

—Viene a ver cómo viven los pobres —explicó Gálvez, de pie, la bombilla clavada en su sonrisa furiosa.

—Vengo a ver a los amigos —dijo Larsen con dulzura, como si hubiera descubierto una posibilidad de que el otro hablara en serio. El agua ardiente y amarga del mate le corría velozmente por las tripas. Sintió que era fácil pelear, darle una patada al asador, decir una frase obscena mirando a la mujer.

—Estaba por retirarme de mi despacho —recitó examinándose las uñas—, cuando tuve la idea de preparar un informe durante este fin de semana. Dediqué la mañana a revisar el archivo. Estudié un presupuesto enviado hace algunos años al capitán de un barco que estaba con averías en el puerto de El Rosario.

Pensó que lo dejaban hablar por maldad, que acordaban la burlona imitación de un silencio respetuoso para obligarlo a confesar la farsa, el desespero. Guardó las manos y bajó la cabeza para mirarse las puntas de los zapatos que hizo subir y bajar entre yuyos calcinados, papeles endurecidos por el barro, pozos de humedad sucia. La radio en el porche —supo después que ellos llamaban galería a los tablones sobresalientes al costado de la casilla— empezó a tocar un tango o él empezó a oírlo entonces.

—El caso de un barco, el *Tiba*, cargando trigo en el puerto de El Rosario y necesitado de reparaciones para poder zarpar. No consta lo que pasó después; va a costar encontrar el resto dada la confusión de las carpetas del archivo —buscaba la manera de despedirse—. Una de las primeras medidas debe ser, me permito opinar, la reorganización del archivo y de todos los antecedentes comerciales —había aceptado ahora enloquecer o morir, miraba despistado el movimiento de sus zapatos sobre la tierra oscurecida por la lluvia y dedicaba gratuitamente el discurso a la mujer amplia e inmóvil. Cuando

53

no pudo más alzó la cabeza y los miró, uno a uno, los hombres, la mujer, los perros, con las manos en los bolsillos, jadeante, el sombrero tocando una oreja, los ojos remozados y buscadores.

—Depende del año —dijo Kunz con tristeza—. No recuerdo haber intervenido en ese presupuesto.

Gálvez continuaba mirando el fuego, en cuclillas.

—¿Falta mucho? —preguntó la mujer.

Entonces Gálvez se incorporó con un cuchillo en la mano; la estuvo mirando con sorpresa, como si no le fuera posible entender, como si la cara de ella o su pregunta le revelaran algo que era vergonzoso no haber visto antes. Le sonrió y le besó la frente.

—El agua está fría —dijo Kunz—. Si el lunes me muestra la carpeta puede ser que sepa.

Gálvez se acercó a Larsen y trató de no sonreír.

—¿Por qué no deja el sobretodo adentro? —ordenó suavemente—. De paso se trae un plato y cubiertos, ya va a encontrar dónde. Vamos a comer.

Sin mirarlo, Larsen subió los tres peldaños, dejó caer el sobretodo en una cama, se encajó el sombrero, trajo el plato de lata y el tenedor de plomo, sonrió bondadoso al nuevo silencio del grupo como si él ofreciera la comida y acomodó el cuerpo para contemplar el asado crepitante, mientras bisbiseaba la letra de nostalgia y desquite del tango gangoso en la radio.

Entonces, con lentitud y prudencia, Larsen comenzó a aceptar que era posible compartir la ilusoria gerencia de Petrus, Sociedad Anónima, con otras ilusiones, con otras formas de la mentira que se había propuesto no volver a frecuentar.

Acaso se haya visto obligado a decir que sí cuando supo en su corazón que no cobraría los cinco o seis mil pesos al final de este mes ni de ninguno de los que le quedaban por vivir; cuando el dueño de lo de Belgrano continuó leyendo el diario o espantando moscas alguna vez que él se acercó al mostrador con una sonrisa de bebedor locuaz; cuando tuvo que esconder los puños de la camisa antes de recorrer el familiar laberinto entre mármoles ateridos que desembocaba en la glorieta. Acaso se haya abandonado, simplemente, como se vuelve en las horas de crisis al refugio seguro de una manía, un vicio, o una mujer.

Pero ésta era su última oportunidad de engañarse. De modo que mantuvo, sin que se viera el esfuerzo, con voluntad desesperada, un límite infranqueable entre la Gerencia General, y el frío creciente de la glorieta y las comidas dentro o alrededor de la casilla donde vivía Gálvez con la mujer vestida de hombre y los perros sucios.

Aparte de la piedad intermitente, de la conciencia de que nunca le sería explicado el secreto de la invariable alegría de la mujer ("no es porque esté resignada, no es por el privilegio de dormir con este tipo, no es tampoco por imbecilidad"), tuvo que soportar muy pocas cosas. En realidad, no estaba con ellos sino con reproducciones de fidelidad fluctuante, de otros Gálvez y Kunz, de otras mujeres felices y miserables, de amigos con nombre y rostros perdidos que lo habían ayudado —sin propósito, sin tomarlo de verdad en cuenta, sin agregar nada al impulso instintivo de ayudarse ellos mismos— a experimentar como normal, como infinitamente tolerable, la sensación de la celada y la desesperanza. Ellos, por su parte, soportaron desde el primer día, sin humillarse, sin burla, el doble juego de Larsen: la Gerencia de 8 a 12, de 3 a 6, las desapariciones de Larsen hasta la cena, sus silencios cuando se hablaba del viejo Petrus o se insinuaba la existencia de su hija.

Las cenas (guisos ahora, casi siempre, porque el frío obligaba a cocinar en la casilla y allí el humo no cabía), duraban hasta tarde, con litros de vino, con tangos sordos en la radio (los perros dormían, la mujer canturreaba ronca y suave dentro del calor de las solapas alzadas, sonriente, proponiendo con cada palabra un enigma de gozo y de preservada inocencia), con el plácido intercambio de anécdotas, de recuerdos pintorescos deliberadamente impersonales.

Habían dejado de odiarlo y es casi seguro que lo soportaban porque lo creían loco, porque Larsen agitaba en ellos un espeso, coincidente légamo de locura; porque extraían una indefinible compensación del privilegio de oír su voz grave y arrastrada hablando del precio por metro de la pintura de un casco de barco en el año 47 o sugiriendo tretas infantiles para ganar mucho más dinero con el carenaje de buques fantasmas que nunca remontarían el río; porque podían distraerse con las alternativas del combate entre Larsen y la miseria, con sus triunfos y sus fracasos en la interminable, indecisa lucha por cuellos duros y limpios, pantalones sin brillo, pañuelos blancos y planchados, por caras, sonrisas y muecas que traslucieran la confianza, la paz de espíritu, aquella grosera complacencia que sólo puede procrear la riqueza.

LA GLORIETA - III

LA CASILLA - II

EN AQUELLOS DÍAS Larsen bajó hasta Mercedes, dos puertos hacia el sur, para vender lo único que le quedaba; un broche con diamantes y un rubí, recuerdo de una mujer no ubicable, y cuyo precio había ido corrigiendo durante años con satisfacción y paciencia.

Se dejó robar de pie, levemente apoyado en el mostrador del negocio. Luego, por superstición, buscó una joyería pequeña, joyería para su voluntad y su memoria: estaba cerca del mercado, frente a cuadras de campo raso, y también vendían allí sedas y medias, revistas, zapatos de mujer. Separado por el mostrador angosto de vidrio de un turco bigotudo e impasible se abandonó al viejo placer de manosear regalos para mujeres, objetos inútiles o de utilidad sutil o tortuosa, que establecían una rápida amistad con cualquier clase de manos y ojos, que atravesaban los años desgastándose con lentitud y cambiando dócilmente de sentido.

—Todo caro y nada bueno —dijo, sin éxito, gastándose en el silencio premeditado y triste del turco.

Eligió por fin, concediendo, una polvera dorada, con espejo, con un escudo en la tapa, con un cisne que arrastró en provocación sobre la nariz y los labios. Compró dos, idénticas.

—Envolvelas como para que no se rocen.

Almorzó solitario en un restaurante desconocido, se llenó los bolsillos de chocolatines y se volvió en la primera lancha.

Aquella noche lo extrañaron, bromeando, en la casilla de Gálvez. Comió con el patrón de lo de Belgrano después de pagar la deuda y adelantarle dos mensualidades del alquiler de la pieza. Frente al patrón, hasta la madrugada, Larsen estuvo emborrachándose en secreto mientras hablaban de la industria relojera, de los altibajos de la vida, las posibilidades sin límites de un país joven; insinuó al final, de regreso al mostrador para el último coñac, que los treinta millones de Petrus iban a ser liberados muy pronto por la Junta de Acreedores y que sólo esperaba esto para anunciar su compromiso con Angélica Inés.

Subió a dormir recordando que le sobraban unos doscientos pesos para seguir contribuyendo a las comidas en lo de Gálvez; se durmió pensando que había llegado al final, que dentro de un par de meses no tendría ni cama ni comida; que la vejez era indisimulable y ya no le importaba; que le traería mala suerte la venta del broche.

Vino, en seguida del sueño matinal y confuso, sin realmente interrumpirlo, la jornada abierta a las 8 ó 9 en punto en su despacho, cuando sacudió la cabeza con resignación frente a la pila de carpetas de sucesos muertos que se había reservado el día anterior. Leyó hasta que lo distrajeron las ganas de pasar al salón principal y acercarse a la mesa abandonada donde Kunz y Gálvez calentaban el café a las once. Desde un rato atrás los había estado oyendo moverse y hablar. Gálvez sobre los enormes libros de contabilidad, el alemán entre los cándidos azules de los planos, entre los signos secretos, duros, separados de las hojas de cálculos.

Pudo olvidarlos ayudado por una oferta de máquinas esfaltadoras y vagonetas de vuelco mecánico; volvió a pensar en ellos, y entonces apartó con lentitud la carpeta que estaba leyendo. Encendió un cigarrillo tratando de moverse apenas lo indispensable. Escuchó voces impulsadas sin entusiasmo, alguna risa sin respuesta; el viento, crujidos de madera, un ladrido, pequeños puntos sonoros que servían para la mensura de la distancia y el silencio.

"Están tan locos como yo", pensó. Había hecho retroceder la cabeza y la mantenía inmóvil en el aire frío, los ojos salientes, la pequeña boca desdeñosa y torcida para sostener el cigarrillo. Era como estarse espiando, como verse lejos y desde muchos años antes, gordo, obsesionado, metido en horas de la mañana en una oficina arruinada e inverosímil, jugando a leer historias críticas de naufragios evitados, de millones a ganar. Se vio como si treinta años antes se imaginara, por broma y en voz alta, frente a mujeres y amigos, desde un mundo que sabían (él y los mozos de cara empolvada, él y las mujeres de risa dispuesta) invariable, detenido para siempre en una culminación de promesas, de riqueza, de perfecciones; como si estuviera inventando un imposible Larsen, como si pudiera señalarlo con el dedo y censurar la aberración.

Pudo verse, por segundos, en un lugar único del tiempo; a una edad, en un sitio, con un pasado. Era como si acabara de morir, como si el resto no pudiera ser ya más que memoria, experiencia, astucia, pálida curiosidad.

"Y tan farsantes como yo. Se burlan del viejo, de mí, de los treinta millones; no creen siquiera que esto sea o haya sido un astillero; soportan con buena educación que el viejo, yo, las carpetas, el edificio y el río les contemos historias de barcos que llegaron, de doscientos obreros trabajando, de asambleas de accionistas, de debentures y títulos que anduvieron, arriba y abajo, en las pizarras de la Bolsa. No creen, me doy cuenta, ni siquiera en lo que tocan y hacen, en los números de dinero, en los números de peso y tamaño. Pero trepan cada día la escalera de hierro y vienen a jugar a las siete horas de trabajo y sienten que el juego es más verdadero que las arañas, las goteras, las ratas, la esponja de las maderas podridas. Y si ellos están locos, es forzoso que yo esté loco. Porque yo podía jugar a mi juego porque lo estaba haciendo en soledad; pero si ellos, otros, me acompañan, el juego es lo serio, se transforma en lo real. Aceptarlo así —yo, que lo jugaba porque era juego— es aceptar la locura."

Estaba despierto, cansado, débil; escupió el cigarrillo, se puso de pie, fue a empujar la puerta con las letras Gerencia General. Sonriente, frotándose las manos se acercó a la mesa donde Gálvez y Kunz se habían sentado y balanceaban a compás las piernas colgantes mientras tomaban el café.

—¿Una tacita para mí? —preguntó Larsen antes de servirse—. Un café arriba de la comida y un café arriba del hambre. Es mejor que el viejo aperitivo. Me dan pena esos kilómetros de rieles que no se usaron nunca. La idea del camino carretero paralelo es muy buena; pero, claro, había que conseguir la concesión.

—Por lo menos los durmientes —dijo Gálvez—, los estamos quemando para cocinar y calentarnos.

—Algo se aprovecha —consoló el alemán.

—No deja de ser una lástima —dijo Larsen; puso la taza en la mesa, miró las caras de los otros y se tocó los labios con el pañuelo—. No voy a venir a la oficina esta tarde. Les dejo cincuenta pesos para la noche, para que compren cosas y hacemos una fiesta.

—No se olvide que hoy no es sábado —dijo Kunz.

—Está bien —dijo Gálvez—; nos vamos a divertir. No hay por qué preocuparse; tienen en los libros muchos miles a favor.

Después del almuerzo se tiró en la cama y durmió a través de un sueño cuyas cóncavas paredes estaban hechas con caras ya vistas, con púdicas expresiones de inquisición y renuncia, y despertó para volverse a ver —frío ahora, dispéptico, enchalecado— boca arriba en la cama, escuchando el anuncio del fin de la tarde en los gritos de animales lejanos, escuchando la voz del dueño al pie de la ventana. Buscó un cigarrillo y se puso una manta en los pies, miró en el techo la última luz del día, evocó una infancia campesina, común a todos los hombres, un paraíso invernal, calmo, materno. Olió, debajo del humo, un rastro de amoníaco y una olvidada playa de pescadores. Cada siete días se rompía un caño o desbordaba una letrina. El patrón, con botas de goma, estaba dando órdenes a las dos mucamas y al muchacho.

Esperó a que el sol iluminara el techo con la luz de las seis de la tarde. Se acarició frente al espejo la carne barbuda del mentón, se puso agua en el pelo, hizo llover el talco sobre tres dedos y estuvo masajeándose las mejillas, la frente y la nariz. No quería pensar al anudarse la corbata, al ponerse el saco, al elegir una de las dos polveras. "Este señor que me mira en el espejo." Caminó metiéndose en la quietud del frío, tieso y taconeando sin resultado, calle abajo sobre la tierra húmeda, negro y empequeñecido entre alturas de árboles.

El portón estaba cerrado; miró las luces aún pálidas de las ventanas, estuvo escuchando el silencio con un perro en el centro, tiró tres veces del cordón de la campana. "Puedo pegarme un tiro", pensó sin entusiasmo, compadeciéndose. Ya no se oía el perro: alguien se apartó de la primera sombra azul de la noche, rodeó la glorieta y vino por el sendero de ladrillos. El perro trotaba, jadeaba, ladró hacia el portón y las estatuas, a derecha e izquierda. Una claridad se desvanecía en las puntas de los árboles. "Puedo también...", pensó Larsen, y se encogió de hombros, apretando la polvera en el bolsillo.

61

Era Angélica Inés, no Josefina, acercándose y deteniéndose, con un largo vestido blanco, apretado en la cintura, rodeada por los saltos del perro.

—Ya no lo esperaba —dijo—. Papito está por venir y cerramos el portón porque a él no le gusta. Josefina se puso en la cocina.

—Tuve mucho que hacer —explicó Larsen—. Mucho trabajo, y además un viaje a Santa María para buscar algo. Adivine.

Ella terminó de separar la hoja del portón y echó el perro; empezó a reírse encorvada mientras simulaba buscar una piedra para espantar al animal, y se rió después con la boca alzada entregando un brazo a Larsen. La rodeaba un perfume de flores de verano. Mientras se acercaban vieron una luz amarilla dentro de la glorieta, un resplandor inmóvil que crecía con la noche y los pasos.

Entraron en el fulgor apenas inquieto de las velas. Larsen observó con desconfianza el candelabro —viejo y empañado, con formas de bestias y flores— macizo, pesando en el centro de la mesa de piedra. "Parece cosa de judíos, parece todo de plata."

Ella volvió a reír inclinada sobre la mesa y las llamas se estremecieron; el vestido blanco llegaba hasta los zapatos de cintas brillantes, recogía la luz de las velas en el cuello y el pecho adornados con espirales de perlas de cera. Descubierto y respetuoso, Larsen olió la humedad y el frío, se detuvo a compararlos con la blancura del vestido.

—Me he permitido traerle un recuerdo —dijo, mientras daba un paso corto y mostraba la polvera—. Es nada; pero tal vez para usted valga la intención.

Cuadrada, flamante, agresiva, la polvera amarilleó la luz de las velas. La mujer hizo otra risa, ahora con ruido de pájaro, murmuró una negativa y fue alargando los brazos, incrédula, animosa, hasta arrebatar la cajita de metal. El perro ladraba lejos, yendo y viniendo, el cielo se hizo repentinamente negro y las velas ardieron crecidas, intensas, con un júbilo vengativo.

—Para que me recuerde —dijo Larsen, sin acercarse—; para que la abra y mire en el espejo esos ojos, esa boca. Puede ser que entienda, mirándose, que no es posible vivir sin usted.

La voz había sonado rota y convincente, lejana, y era probable que ella —mientras miraba la boca entreabierta en el espejo, mientras balanceaba frente a la polvera los dientes apretados— imaginara una noche sin Larsen, una noche con Larsen perdido para siempre. Pero él estaba avergonzado de su actitud, de la distancia, de la pierna doblada, del sombrero apoyado en el vientre; sufría, consciente de su torpeza, incapaz de corregir el fracaso de sus gestos, admirando la exactitud de las palabras que acababa de decir.

—Es linda, es linda —con las dos manos apoyó la polvera en el pecho para protegerla del frío, miró desafiante a Larsen—. Ahora es mía.

—Es suya —dijo Larsen—, para que me recuerde— no se le ocurrieron frases hermosas y útiles, aceptó que el final de la historia fuese aquel encuentro de la mujer con la caja dorada, en un principio de noche de invierno, a la luz de siete velas quemándose en el frío. Dejó el sombrero sobre la mesa y se acercó con una sonrisa obsequiosa y triste.

—Si usted supiera... —comenzó sin plan. Ella retrocedió sin mover las piernas, inclinando hacia atrás el cuerpo, los hombros encogidos para defender la polvera.

—No —gritó; en seguida se puso a murmurar, hechizada, cantando—: No, no, no —pero apenas Larsen le tocó los hombros, dejó caer el regalo y le ofreció la boca. Con la cabeza junto a la base del candelabro, ella estuvo riéndose, llorando sin queja. Los pasos y las voces de Josefina, las carreras y los jadeos del perro los rodeaban amenazantes mientras se incorporaban.

Ella hizo girar los ojos y trató de llorar un poco más; una manga tocó la llama y Larsen interpuso su mano. Se estaba oliendo el vello chamuscado mientras tanteaba el suelo para buscar la polvera.

Josefina se acercaba en la sombra prometiendo cosas al perro. Larsen recogió el sombrero y besó la frente de la mujer.

—Ni en el más feliz de mis sueños —mintió con ardor.

Mientras se acercaba en la noche a la casilla, hundiendo la cabeza en el abrigo del cuello y el pañuelo, se le hizo imposible alegrarse de su victoria, no pudo siquiera evocarla como victoria. Se sentía empobrecido, incapaz de jactancia, incrédulo, como si no fuera cierto que hubiera besado a Angélica Inés entre los titilantes rombos dorados de las velas; o no se tratara, en realidad, de una mujer; o no fuera él quien lo había hecho.

Desde hacía muchos años, abrirse paso en una mujer no era más que un rito indispensable, una tarea a ser cumplida, a pesar o al margen del placer, con oportunidad, con eficiencia. Lo había hecho, una vez y otra, sin preocupaciones ni problemas, como el patrón que paga un salario; reconociendo su deber, confirmando la sumisión ajena. Pero siempre, aun en los casos más tristes y forzados, había extraído del amor plenitud y un desvaído orgullo. Aun en aquellas ocasiones en que le era necesario exagerar el cinismo y la torcedura de su sonrisa frente a los amigos silenciosos, falsamente desinteresados, que en las reuniones de madrugada bostezaban sin sueño al llegar la mujer de Larsen. Y luchaban contra el silencio, torpes, con la primera frase de sentido heroico que podían componer o recordar: "Es problemática la inclusión de Labruna."

Ahora no; ahora no había sitio para el orgullo o la vergüenza, estaba vacío, separado de su memoria. Escupió ruidoso cuando se acabó a su izquierda el paredón de ladrillos de los fondos del astillero; vio la luz caliente de la fogata, su reflejo en las chapas del cobertizo. Volvió a escupir mientras doblaba, mientras componía la cara, mientras un viento helado y tranquilo traía un murmullo de música y el olor del asado y las ramas ardiendo.

"Todas son locas", pensó, aliviándose.

Avanzó deslumbrado, tanteando los ladrillos sinuosos entre el fango, con la cabeza alzada, con una expresión de júbilo y bondad que fue creciendo desde la oscuridad a la hoguera. Se acercaba a la fiesta y él la había pagado.

—Buenas noches la compañía —gritó cuando lo descubrieron. Atravesó los saludos para acariciar los hocicos de los perros.

Después de la comida estuvo un momento a solas en la casilla con la mujer; entregó la polvera con el mismo aire de nostalgia y arrepentimiento con que acariciaba a los perros. Solo dijo:

—Para que me recuerde, para que la abra y se mire en el espejo.

Despeinada y huraña, oscurecida, con su viejo abrigo de hombre cerrado hasta el mentón por un alfiler enorme, deformada por la gran barriga, limitando con los brillos grasosos de su cara una sabiduría que era inútil e imposible transmitir, la mujer protestó con indolencia, sonrió burlándose, miró paciente y cariñosa, como si Larsen fuera su padre, su hermano mayor, un poco fantástico, bueno en el fondo, tolerado.

—Gracias, es linda —dijo; la abrió y estuvo paseando su pequeña nariz resuelta en el espejo—. Para lo que me va a servir... Es cómico que me haya regalado esto. Pero hizo bien, no importa. Si me hubiera preguntado le habría dicho que no quiero nada, pero creo que después le habría pedido una polvera como ésta —la cerró por el gusto de oír el chasquido del resorte a la altura de su oreja, movió en la luz el brillo de oro y la forma de corazón del escudo en la tapa y se guardó la polvera en un bolsillo—. Ya debe estar el agua para el café. ¿Qué quiere? ¿Quiere que le dé un beso?

Lo ofrecía sin secreto, sin rencor. Larsen encendió un cigarrillo y le hizo una pequeña sonrisa extasiada. Jugó un instante a creer, desesperado y contenido: "Esto sí que es una mujer. Si estuviera bañada, vestida, pintada. Si yo me la hubiera encontrado hace años." Acentuó el éxtasis, lo hizo melancólico.

—No, gracias, señora; no quiero nada.

—Entonces vaya afuera a conversar y les llevo el café.

Él alzó los hombros y salió de la casilla con su aire definitivo, transportando en el frío, por segunda vez en la noche, la sensación de un triunfo complicado e inservible. Tomaron el café junto a la fogata y continuaron sirviéndose vino de la damajuana, charlando de política, de fútbol, de buenos negocios ajenos. La mujer ya estaba durmiendo con los perros en la casilla cuando Gálvez se desperezó y alzó la sonrisa.

—Tal vez no lo crea —dijo, y miró rápidamente a Kunz—. Pero al viejo Petrus yo puedo mandarlo a la cárcel cuando quiera.

Mientras se agachaba para encender el cigarrillo en la brasa de una ramita, Larsen preguntó indiferente:

—¿Y por qué lo va a meter preso? ¿Qué va ganando, aunque pueda?

—Son cosas —dijo el alemán con suavidad—. Es algo de contar.

Larsen esperaba, inmóvil en su cajón, el cigarrillo

colgándole con indolencia de la cara. Kunz tosió y uno de los perros apareció corriendo, lamió la grasa que rodeaba el asador, hizo sonar, cauteloso, un hueso. Cantaba lejos un gallo, la noche verdadera se hacía sensible y próxima cuando Larsen vio, de reojo, la curva de la gran sonrisa blanca de Gálvez elevándose hacia el cielo.

—Usted no cree —dijo Gálvez con tristeza. "No es una sonrisa, ni está contento ni se burla, nació así, con los labios abiertos y los dientes apretados"—. Pero puedo.

Sin suerte, trató Larsen de recordar cuándo y a quién y dónde había escuchado aquella nota de odio impuro, de sosiego, de imperio. En la voz de una mujer, sin duda, amenazándolo a él o a cualquier amigo, prometiendo implacables venganzas remotas.

Gálvez continuaba sonriendo hacia arriba. Larsen escupió el cigarrillo y estuvieron los tres mirando el cielo negro de la noche de invierno, el camino de limaduras de plata, la insistencia de las estrellas aisladas que exigían un nombre.

EL ASTILLERO - III

LA CASILLA - III

AL DÍA SIGUIENTE, a las diez de la mañana, Kunz golpeó en la puerta de la Gerencia General y avanzó intimidado, sonriente, exponiendo a la luz un colmillo de oro. (Era una luz gris y desanimada, una luz que llegaba vencida después de atravesar nubes gigantescas de agua y frío; el tiempo se había descompuesto, un viento indiferente entraba silbando por todos los agujeros del edificio.)

Larsen alzó la cabeza entre las pilas de carpertas y estuvo husmeando, sin cariño, la burla, el juego, la encubierta desesperación.

—Permiso —dijo Kunz, y se inclinó, golpeó un carcomido taco contra el otro.

—El señor Administrador pide al señor Gerente General una entrevista. La gracia de una entrevista. El señor Administrador se considera en condiciones de documentar, ésa es la palabra justa, la verdad de ciertas afirmaciones verbales.

Larsen contrajo la boca y el hombro, mirándolo. Hubo un silencio, un rencor, un desconsuelo. Saliendo de las dos vueltas de la bufanda rojiza y desteñida, la cabeza peluda del hombre no parecía borracha ni agresiva. Sólo que él no servía para aquello que recitaba penosamente y nada era más triste que la oscuridad inmóvil de sus ojos.

—Que venga —dijo Larsen; le mostró los dientes con insolencia—. Mi despacho está siempre abierto.

El alemán asintió en silencio, dio media vuelta y salió.

69

Siempre jugando, estremecido de esperanza, de energía, de saña, casi joven, Larsen se quitó el revólver de abajo el brazo y lo puso en el cajón semiabierto que le empujaba el vientre. El viento susurraba en los papeles caídos en el piso, se revolvía en cortas vueltas contra los altos techos. Gálvez tocó la puerta y fue acercando su sonrisa fija, también él sin desafío, hasta llegar al escritorio. Tenía los pómulos más grandes, más viejos, más amarillos.

—Me anunció el señor Gerente Técnico... —empezó a decir Larsen silabeando; pero el otro le hizo ver la mano abierta, agrandó un poco la sonrisa y puso sobre la mesa, con dulzura, como la carta de un triunfo que le doliera obtener, una cartulina ajada, impresa en verde.

Larsen examinó confuso el torbellino de círculos en los márgenes y leyó: Jeremías Petrus, S. A., emisión autorizada, diez mil pesos, presidente, secretario, las acciones libradas al portador.

—Así que usted tiene un título de diez mil pesos...

—Parece raro, ¿verdad? Diez mil pesos. Se acuerda que le dije anoche que podía mandarlo a la cárcel.

Ahora la sonrisa hizo un ruido, una diminuta explosión, como una cucaracha que aplastaran.

—Sí —dijo Larsen.

—¿Entiende?

—¿Qué tiene que ver?

—Es falso. Los falsificó él, éste y no sé cuántos más. Por lo menos, es falso y él lo firmó. Lea. J. Petrus. Hubo dos emisiones, la primera y la de ampliación del capital. Este título no es de ninguna de las dos. Y él lo firmó, vendió muchos como éste.

El dedo tocando la firma tenía el color del queso demasiado viejo. La mano recogió la cartulina de encima de la mesa.

—Bueno —dijo Larsen con alegría, descansado—. Usted debe estar seguro, y usted entiende el asunto. Falsifi-

70

có títulos. El viejo Petrus. Lo puede meter en la cárcel y es seguro, a primera vista, que le van a dar una punta de años.

—¿Por esto? —Gálvez volvió a reír, golpeándose el bolsillo donde había guardado el título—. No sale más. No le queda vida para pagar.

—Es una vergüenza —dijo Larsen mirando una ventana—. Habrá que vender algo para comprar vidrios y tapar los agujeros.

—Sí, no tiene nada de agradable en invierno —con la sonrisa más angosta, lacia, Gálvez se volvió hacia la mañana lluviosa—. Nosotros vendemos cada mes dos mil pesos de mercadería de los galpones. Kunz y yo, a mitades. El alemán no se animaba a invitarlo; no quiero que piense que no se lo decíamos por egoísmo.

—¿Qué podíamos hacer? —continuaba mirando el agujero triangular del cristal de la ventana, macilento, envejecido, con un temblor húmedo en los extremos de la sonrisa—. Lo mismo da que sean tres mil. Puede haber para un año o dos.

Pensaba cómo hacía para vivir.

—Se agradece —dijo Larsen—. Bueno, es cierto, lo puede mandar a la cárcel. ¿Pero qué vamos ganando?

—Ni piense —dijo Gálvez—. Si va preso perdemos todo, nos echan en veinticuatro horas. No es por eso. Es porque ese viejo merece acabar así. Usted no sabe.

—No —asintió Larsen, pensativo—, no sé. Tal vez sea mejor, tal vez no. Haga lo que quiera.

—Gracias —dijo Gálvez, otra vez ancha y tensa la sonrisa—. Gracias por darme permiso.

Con minucioso cuidado, con asco, con tristeza, como si hubiera peligro de cortarse, Larsen volvió a colgarse el revólver en el pecho y se abandonó en el sillón. Por los agujeros de las ventanas el viento traía ahora gotas heladas de llovizna que salpicaban con breve alegría las hojas de papel de seda, desordenadas en la mesa, de un informe sobre metalización. Incrédulo, trompudo, haciendo con los labios un suave ruido telegráfico, entornó los ojos para comprobar hasta qué distancia le era posible leer. "Los astilleros y talleres de reparaciones navieras han encontrado un gran auxiliar y la solución de múltiples problemas con el empleo de la metalización. Las pinturas por más buenas y antióxidas que fueran no protegen el acero y el hierro contra el fenómeno electroquímico que se establece al contacto de cualquier atmósfera, siendo el zinc el único metal realmente antiácido sobre el hierro o acero, porque cierra el circuito electrogalvánico evitando el fenómeno electroquímico."

No le preocupaba que la vida pasara, arrastrando, alejándole las cosas que le importaban; sufría, boquiabierto, con una enfriada burbuja de saliva en los labios, sintiendo la grasa en que se le hundía el mentón, porque ya no le interesaban de verdad esas cosas, porque no las deseaba instintivamente y nunca lo bastante como para mantenerlas u organizar la astucia. "Hay mil pesos mensuales seguros, por lo menos, hasta que yo intervenga y les enseñe a esos mozos cómo es posible sacar más sin provocar la ruina, sin comernos el capital. No hay problema. Y, sin embargo me cuenta la historia de los títulos falsificados, lo veo al tipo ese que anda desde quién sabe cuando durmiendo con la prueba legal entre la piel y la camiseta, como una criatura con una pistola celosa cargada y me quedo frío, haraganeando, no se me ocurre una idea, no sé francamente qué lado tengo que elegir para caer parado."

Avanzó lentamente la cabeza, impasible, casi inocente, gozándose en su solitaria delincuencia, sospechando confusamente que el juego deliberado de continuar siendo Larsen, era incontables veces más infantil que el que jugaba ahora. Pudo leer más lejos, aplastado el vientre contra el escritorio, casi cerrando los ojos: "Podemos aportar materiales de las más variadas naturalezas, según los requerimientos de cada caso; aceros de alto carbón, aceros inoxidables, bronce, fósforos, metal Babbit antifricción."

Algunas gotas le golpearon la mejilla. Se levantó y estuvo escuchando el silencio que cubría el viento: recogió los papeles del informe mientras se oía canturrear tres versos de un tango que reiteraba con plácida, jubilosa furia, que se bastaban. Al llegar a la puerta, ladeándose el sombrero, pensó que había olvidado algo: tuvo ganas de reír, de palpar la proximidad de un amigo verdadero, de hacer una crueldad a la que nadie pudiera descubrirle una causa.

Volvió a bravuconear en mediodía, con las piernas separadas, desprendido el sobretodo, en la enorme oficina desierta; miró las mesas de Gálvez y Kunz, los escritorios que no habían sido convertidos aún en leña, los ficheros abollados, las inútiles, incomprensibles máquinas arrumbadas. El viento inflaba los papeles amarillos que habían protegido al piso de las goteras del techo; próxima, una canaleta rota dejaba caer un chorro de agua sobre latas. Casi alegre, inquieto, abrochándose, con una diminuta expresión de venganza, Larsen imaginó el ruido laborioso de la oficina cinco o diez años atrás.

Salió a la llovizna por la escalera de hierro y pudo atravesar el barro sin que lo viera ninguno de los habitantes de la casilla. Fue corriendo, como si viera todo por primera vez, como si lo hubiera presentido y lo encontrara ahora en un éxtasis de amor a primera vista, la casilla de Gálvez, la timonera ladeada, los yuyos y los charcos, el esqueleto herrumbrado del camión, la baja muralla de despojos, cadenas, anclas, mástiles. Reconoció ese tono exacto de gris que sólo los miserables pueden distinguir en un cielo de lluvia; la delgada línea purulenta que separa las nubes, la sardónica luz lejanísima filtrada con ruindad. Ahora la lluvia se acumulaba en su sombrero; él sonrió con bonhomía, sin cambiar el paso, tratando de recoger hasta la más distante voz del viento en el río y en los árboles. Erguido, contonéandose con exageración, esquivó hierros de formas y nombres perdidos que descansaban aprisionados en un torbellino de alambres, y penetró en la sombra, en el distante frío, en la reticencia del galpón. Pasó revista a los casilleros, a los hilos de lluvia, a los nidos de polvo y telarañas, a las maquinarias rojinegras que continuaban simulando dignidad. Caminó sin ruido hasta el fondo del hangar y buscó con las nalgas hasta sentarse en el borde de una balsa para naufragio. Mirando el ángulo del techo —y miraba también las carreras gozosas del viento colado, el matiz arcaico de la lluvia que había empezado a sonar con bufonesca intrasigencia— se tanteó distraído para buscar cigarrillos y encendió uno. Podía enumerar lo que no le importaba: fumar, comer, abrigarse, el respeto ajeno, el futuro. Algo había encontrado aquel mediodía o tal vez hubiera dejado algo olvidado en la Gerencia General, después de la entrevista con Gálvez. Daba lo mismo.

Imaginó sonriendo un ruido de ratas que devoraban bulones, tuercas y llaves en los casilleros; imaginó sonriendo un protegido mediodía de invierno en la casa de Petrus, con una Josefina engordada y cómplice sirviendo la mesa, con una Angélica Inés de inconmovible sonrisa enajenada vigilando la altura del fuego en la chimenea, mimando a un número variable de niños, transportando su mirada servicial y su murmullo patético de la cara lustrosa de un Larsen dichoso al gran retrato en óvalo del padre y suegro muerto; a la cabeza de voluntad y arcano, severa, rodeándose con las patillas, a dos metros de altura, ejemplar, dominante, obedecida.

Se acercó a la puerta trasera del cobertizo, asistió al final veloz y acobardado de la lluvia, estuvo calculando las consecuencias que tendría para la navegación la cortina de niebla que se acercaba desde el río. Fue y vino, chapoteando el barro, complaciéndose con el ruido, considerando aplicadamente el miedo, la duda, la ignorancia, la pobreza, la decadencia y la muerte. Encendió otro cigarrillo y descubrió una oficina abandonada, sin puertas, con paredes de tablas; había un catre, un cajón con un libro, una palangana con el esmalte estrellado; ésa era la casa de Kunz.

"Otra cosa: nunca se me ocurrió preguntarme, tampoco, dónde vivía el alemán." Entró y se sentó en el catre, encogido, la cabeza alzada y hacia la puerta, el cigarrillo cerca del vientre, en una actitud tan humilde y amistosa que Kunz no podría enojarse si entrara de repente. "Ésta es la desgracia —pensó—, no la mala suerte que llega, insiste, infiel y se va, sino la desgracia, vieja, fría, verdosa. No es que venga y se quede, es una cosa distinta, nada tiene que ver con los sucesos, aunque los use para mostrarse; la desgracia está, a veces. Y esta vez está, no sé desde cuándo; anduve dando vueltas para no enterarme, la ayudé a engordar con el sueño de la Gerencia General, de los treinta millones, de la boca que se rió sin sonido en la glorieta. Y ahora, cualquier cosa que haga serviría para que se me pegue con más fuerza. Lo único que queda para hacer es precisamente eso: cualquier cosa, hacer una cosa detrás de otra, sin interés, sin sentido, como si otro (o mejor otros, un amo para cada acto) le pagara a uno para hacerlas y uno se limitara a cumplir en la mejor forma posible, despreocupado del resultado final de lo que hace. Una cosa y otra y otra cosa, ajenas, sin que importe que salgan bien o mal, sin que no importe qué quieren decir. Siempre fue así; es mejor que tocar madera o hacerse bendecir; cuando la desgracia se entera de que es inútil, empieza a secarse, se desprende y cae".

Salió bajo las últimas gotas de lluvia que caían de los plátanos ennegrecidos. Fue a golpear en la puerta de la casilla de Gálvez y cuando la mujer vino a abrirle teniendo a sus espaldas el repentino silencio —solamente, remotos, nulos, los ruidos quejosos de los perros, los del *fox* en la radio—, pasó junto a ella sin mirarla con un orgulloso "Permiso", se introdujo en el calor, se acercó a la bienvenida de los hombres, arrastró un banco y quedó sentado, el sombrero en la tierra seca, sosteniendo la sonrisa desmesurada de Gálvez con la suya, breve, fácil, persuasiva.

—¿Comió? —dijo la mujer—. No puede haber comido. ¿Quiere comer? No queda, pero voy a hacerle algo.

—Gracias. Si comieron puchero —dijo Larsen mirando los platos—, puede darme, a lo mejor, una taza de caldo o de sopa.

—Le puedo hacer un bife —dijo la mujer.

—Hay carne colgada —señaló Kunz.

—No, gracias —insistió Larsen—. Gracias, señora. Le agradecería mucho, de veras, una taza de caldo caliente. Me haría un favor muy grande.

Pensó que había exagerado la humildad; Gálvez lo miraba burlón y atento. La mujer retiró algo de la mesa, levantó del suelo el sombrero; la sentía próxima a su hombro, de espaldas, pensativa sobre la llama ruidosa, resuelta a no hablar.

—Nos quedamos sin vino, hasta la noche —dijo Kunz—. ¿Quiere caña? Hay unas cuantas botellas; es tan mala que nunca termina.

—Después de la sopa. O del caldo —contestó Larsen.

La mujer no habló.

Un golpe de viento rodeó insistente dos veces la casilla; la llama del calentador vibró aplastada. Kunz, cruzando los brazos, se puso las manos en los hombros.

—¿Por dónde andaba? —preguntó Kunz—. Se nos ocurrió que había ido a visitar a Petrus.

—Al señor Petrus, don Jeremías —dijo Gálvez.

Larsen alzó su sonrisa pero Gálvez estaba apagando el cigarrillo en un plato. Ahora el viento estaba encima de la casilla, circular y enfurecido; callaron, deprimidos por una sensación de distancia, de pesadez, de nubes removidas. La mujer puso en la mesa un plato de sopa, apartó los perros de las piernas de Larsen.

—Permiso —dijo Larsen, y empezó a tragar con la cuchara; enfrente, la pareja vigilante de los hombres; atrás los gemidos de los perros y la hostilidad de la mujer. Se interrumpió mirando el rincón de tablas, un reloj, un vaso con largas guías verdes—. Quiero darles las gracias. Pero tampoco tenía muchas ganas de comer. Un plato de cualquier cosa caliente me vendría bien, pensé. Y entonces se me ocurrió venir a golpear aquí.

—Estábamos diciendo que se había ido a la quinta de Petrus —dijo velozmente Kunz— y que al viejo, por lo menos, no lo iba a encontrar. Creo que no viene hasta la otra semana.

—Bueno, no nos importa —se rió Gálvez—. No me dejarán mentir. Yo dije que no nos importaba a quién iba usted a visitar en la quinta.

—Gálvez —advirtió la mujer, a espaldas de Larsen.

—Pensamos, es cierto, perdone —dijo Kunz—, que usted podía haber ido este mediodía a buscar al viejo para ponerlo en guardia.

—Bajo la lluvia —agregó Gálvez—. Que iba haciendo el camino hasta la quinta, para decirle al viejo que yo tengo uno de los títulos falsificados, y lo agarraba la lluvia.

—Gálvez —repitió la mujer, perentoria, detrás de los hombros de Larsen.

—Eso —dijo Gálvez—, que iba hasta la quinta para avisar al viejo Petrus o a la hija. Lo dije, todos dijimos que podía ser —alzó de entre sus piernas una botella panzona de caña y llenó tres vasos, sin tocarlos, haciendo sonar el chorro, sin mostrar los dientes pero con una perpetua hilaridad en la forma enrojecida de la boca; y los labios unidos sin sonrisa, parecían desnudos, como si acabara de afeitarlos.

—Que iba bajo la lluvia y avisaba, y que avisar no servía para nada. Porque el viejo Petrus lo sabe mejor que nosotros, lo sabe desde mucho antes que nosotros. Todos lo dijimos, primero uno, después otro, repitiéndolo. Y yo agregué que si eso sucedía, si usted hacía el camino hasta la quinta, empapándose para cumplir con su deber —al fin y al cabo son seis mil pesos los que le acredito cada día 25— y dar la voz de alarma, tal vez me hiciera un favor; y que tal vez yo esté desde tiempo deseando que alguien me haga un favor semejante.

Larsen apartó con suavidad el plato de sopa vacío, encendió un cigarrillo y fue inclinando el cuerpo hasta beber en el vaso que había llenado Gálvez.

—¿Quiere algo más? —preguntó la mùjer.

—Gracias, ya le dije, señora. Vine a pedir algo caliente, una limosna.

—Se me ocurrió que debe haber pensado otra novedad para aumentar las ganancias del astillero —dijo Kunz, casi cubriendo la risa blanda de Gálvez—. Algo más que armar o remendar barcos.

—La piratería o la trata, por ejemplo —sugirió Gálvez. Kunz alzó su vaso, entornó los ojos e hizo caer la cebeza hacia atrás.

Las manos sucias y heridas de la mujer retiraron el plato de Larsen. Los perros estaban silenciosos, tal vez dormidos en la enorme cama. El viento silbó alejado, tartamudeante, y todos podían escucharlo ir y venir, obligado a tomar una decisión.

—El problema está en saber si contamos o no con un agente en El Rosario —dijo Gálvez—. Podríamos duplicar las operaciones, tener un equipo de pilotos que trajeran los barcos hasta Puerto Astillero. Podríamos comprarnos gorras con visera, podríamos discutir seriamente sobre bauprés, proa, trinquete, cangreja y mesana. Podríamos jugar a las batallas navales en la mesa de cedro de la Sala del Directorio.

Bebía abandonado en el sillón de mimbre que empezaba a deshacerse, los grandes dientes expuestos con indiferencia a las tablas ahumadas del techo.

—Teníamos ganas, desde que empezó la lluvia —dijo Kunz—, de no ir a trabajar esta tarde. En realidad, no hay nada urgente. El amigo tiene los libros al día y los presupuestos que debo calcular pueden demorarse. Me imagino que usted sabrá tolerar. Quedarnos aquí bebiendo, oír llover y conversar sobre Morgan y Drake.

—¿Qué le parece? —preguntó Gálvez.

Larsen terminó la caña y alargó la mano para servirse otro vaso; sentía que se le iba formando una sonrisa imbécil, que su voz sonaría insegura. La mujer pasó a su costado, al costado de la mesa y de Gálvez, se detuvo con la cara próxima al vidrio húmedo de la ventana; era ancha, propicia, se inclinaba con dulzura hacia el fin de la lluvia.

—Ahora estoy más contento —dijo Larsen; miraba sin vehemencia la nuca de la mujer, el pelo rizoso, crecido y descuidado—. Ahora. No por la sopa, que agradezco, ni por la caña. Tal vez un poco, porque·me dejaron entrar aquí. Estoy contento porque hace un rato sentí la desgracia, y era como si fuese mía, como si solo a mí me hubiera tocado y como si la llevara adentro y quién sabe hasta cuándo. Ahora la veo afuera, ocupando a otros; entonces todo se hace más fácil. Una cosa es la enfermedad y otra la peste —bebió la mitad del vaso y sonrió a la sonrisa que Gálvez había descendido hacia él, recelosa, expectante. La mujer continuaba de espaldas, cabizbaja, imprecisamente hostil.

—Tome caña —dijo Kunz—. Oír llover y tirarse a dormir la siesta. ¿Qué más?

—Sí —dijo Larsen—, ahora es mejor. Pero siempre hay cosas que hacer aunque uno no sepa por qué las hace. Puede ser, es cierto, que vaya esta tarde hasta la quinta y le hable al viejo del título falsificado. Puede ser.

—No importa que lo haga, ya le dije —repuso Gálvez. La mujer se apartó del mal tiempo en el vidrio grasiento; puso un brazo alrededor de Gálvez, del sillón desvencijado, e inclinó la cara blanca, casi risueña, hacia la mesa.

—Al viejo o a la hija —murmuró.

—Al viejo o a la hija —dijo Larsen.

EL ASTILLERO - IV

LA CASILLA - IV

HUBO, es indudable, aunque nadie puede saber hoy con certeza en qué momento de la historia debe ser colocada, la semana en que Gálvez se negó a ir al astillero.

La primera mañana de su ausencia debe de haber sido para Larsen el verdadero día de prueba de aquel invierno; los padecimientos y las dudas posteriores se hicieron más fáciles de soportar.

Aquella mañana Larsen llegó al astillero cerca de las diez, saludó al perfil de Kunz que examinaba un álbum de estampillas sobre la mesa de dibujo, y entró inquieto en su oficina. Cambió un montón de carpetas por otro y trató de leer hasta las once, mientras la repentina llovizna rebotaba en los filos de los vidrios rotos de la ventana. "Sólo debo preocuparme por mí, no hay otra cosa; yo, triste y aterido en este escritorio, acorralado por el mal tiempo, la mala suerte, la mugre. Y sin embargo me importa que esta lluvia caiga sobre otros, golpee desganada sus techos."

Se levantó sin ruido y fue hasta la puerta para espiar en la gran sala. Gálvez no había llegado; Kunz tomaba mate mirando un ventanal. Larsen meditó sobre el peligro de que la ausencia de Gálvez fuera definitiva, que iniciara el final del delirio que él, Larsen, había recibido como una antorcha de desconocidos, anteriores Gerentes Generales y que se había comprometido a mantener hasta el momento en que se mostrara el desenlace imprevisible. Si Gálvez había decidido renunciar al juego, era posible que Kunz se contagiara. Uno y otro, y la mujer con su barriga y los perros, podrían no ver al mundo, el otro, el de los demás. Pero él ya no.

Esperó hasta cerca de mediodía, pero Kunz no se acercó a la puerta de la Gerencia General. La llovizna había terminado y una nube sucia se apoyaba en la ventana, pesada, entrando apenas, desdeñando entrar. Larsen apartó las carpetas y fue hasta la ventana para meter una mano y después la otra en la niebla. "No puede ser", se estuvo repitiendo. Hubiera preferido, para lo que estaba por pasar, una fecha antigua, joven; hubiera preferido otra clase de fe para hacerlo. "Pero nunca dejan elegir, sólo después se entera uno de que podía haber elegido." Acarició el gatillo del revólver bajo el brazo mientras escuchaba la aspereza del silencio; Kunz empujó una silla y bostezó.

Sentía la contracción frecuente de la boca y la mejilla mientras volvía al escritorio y guardaba el revólver en el cajón entreabierto. "Si se burla, lo insulto; si pelea, lo mato." Apretó el timbre para llamar al Gerente Técnico.

—Sí —gritó Kunz, y entró abrochándose el saco.

—¿Estaba por irse? Me distraje estudiando estas carpetas. No tengo idea de la hora. ¿Usted sabe algo del pleito por el *Tampico*?

—¿El *Tampico*? No sé nada, tiene que ser una historia vieja —repuso Kunz, y volvió a bostezar.

—El *Tampico* —insistió Larsen. Solo entonces alzó la vista para mirar a Kunz. Vio la cara redonda, con la barba crecida, el pelo endurecido, excesivo y negro, la mano también peluda que subía de los botones a la moña negra de la corbata—. Claro, no debe ser de su tiempo; pero es interesante como antecedente. Entró apurado, sin descargar, por un desperfecto en el árbol. Parece que traía algún inflamable y se incendió en el astillero, aquí mismo, un poco más al norte. Dice la carpe-

82

ta que no había seguro o que no toda la mercadería estaba asegurada —había abierto cualquier carpeta y fingía leer; un gemido sobre el techo anunció más lluvia—. ¿Quién paga, entonces? ¿Quién es responsable?

Levantó una sonrisa benigna y retozona, somo si mirara a un niño.

—Nunca oí nada de eso —contestó Kunz—. Además, no entiendo. Quién sabe cuánto hace de eso. Debe haber sido todo un espectáculo, ardiendo en el río. No sé. Pero el astillero no puede ser responsable.

—¿Está seguro?

—Me parece indiscutible.

—Siempre es bueno saber —Larsen se echó hacia atrás y rozó el borde del cajón con los dedos de uñas lustrosas; buscaba los ojos pequeños y oscuros de Kunz—. ¿No vino Gálvez esta mañana?

—No, no lo he visto. Anoche fuimos al Chamamé. Pero no estaba mal cuando lo dejé.

—¿Hizo llegar parte de enfermo?

—¿Si avisó? Está lloviendo. Ahora me voy a dar una vuelta por la casa —repentinamente Kunz se puso a mirar a Larsen con interés—. Si no vino, estará enfermo. Lo malo es que esta tarde esperamos a los rusos con el camión. Había prometido ayudarme a discutir —alzó la mano en despedida y al llegar a la puerta se volvió para examinar con deleitada lentitud la cara de Larsen.

—¿Sucede algo? —susurró.

Nada —dijo Larsen, y suspiró cuando el otro se fue.

No almorzó en la casilla; comió un pedazo de carne en el Belgrano, silencioso, sin aceptar ninguno de los temas que proponía el patrón desde el mostrador. A las cinco de la tarde se puso en marcha esquivando los charcos para visitar a Gálvez; ahora iba lleno de tolerancia, magnánimo y paternal.

La mujer estaba sentada en los escalones de la entrada, envuelta en el sobretodo, con un perro en las rodillas y otro en el suelo, tocándole un zapatón con el hocico. La cara humedecida por la lluvia resplandecía apaciguada en la neblina. Larsen se arrepintió de su visita, empezó a sentirse oscuro y pesado, intruso. Saludó tocándose el sombrero y revisó todos sus cálculos acerca de la edad de la mujer. Estaban en el centro de una nube, concluidos e incrédulos, y ningún rumor llegaba para ayudarlos.

—Usted podría ser mi hija —aceptó Larsen y se sacó el sombrero.

Entonces el silencio se hizo un poco más grave, como si se hubiera liberado de los murmullos que le habían estado mordiendo los bordes. El perro del suelo se estiró estremecido y sacudió la cola. La mujer escarbaba en el pecho del perro que tenía sobre las piernas. Bajo la gruesa línea circundante del pañuelo rojo en el cuello un enorme alfiler de gancho sujetaba las solapas del sobretodo. La dulzura de la cara era incierta; la boca, engrosada, pálida, alzaba sin esfuerzo los extremos; los ojos, entornados, no simulaban mirar nada. Larsen observó los grandes zapatos de hombre, atados con cordones de luz eléctrica, cubiertos de barro y hojas.

—Señora —dijo, y ella acentuó la sonrisa; pero los ojos continuaban ciegos y ahora la neblina se cuajaba en gotitas sobre ellos—. Señora; las cosas se van a arreglar muy pronto.

—Vaya —contestó ella, y rió abriendo la boca—. Entre y rezónguelo o cuéntele una linda historia. Él mismo se puso en penitencia, metido en la cama, mirando la pared. Ni siquiera se hace el dormido. Tampoco está enfermo. Sería terrible, le estuve diciendo, que usted mandara al médico de la empresa y comprobara que no está enfermo. Que decidieran echarlo, le dije, y no tuviéramos más remedio que irnos a vivir a una casilla de madera, una timonera de barco, una casilla para perros. Entre, pruebe suerte; tal vez se haya muerto, tal vez con usted sí quisiera hablar. Además, hay una botella.

Molesto por el frío y la humedad, Larsen fue incapaz de encontrar una frase que explicara a la mujer cuánto la quería, de qué manera extraña y perseguida habían estado siendo hermanos durante años de separación y desconocimiento. Se puso el sombrero y caminó hacia la mujer, como si cumpliera una orden, un poco encorvado para hacerse perdonar.

Ella se apartó y Larsen fue pisando con cuidado los tres peldaños de aquella escalera de carromato, sujeta inútilmente a un costado de la casilla por una cadena de hierro. Entró en la penumbra gris y se orientó sin esfuerzo hacia el rincón de la cama.

El hombre estaba vuelto hacia la pared de tablas; se oía respirar, era seguro que sus ojos estaban abiertos.

—¿Cómo andan las cosas? —dijo Larsen después de un rato, equivocando el tono.

—¿Por qué no se va al diablo? —propuso Gálvez con dulzura.

Larsen dominó la intensidad de la indignación que consideraba apropiado sentir. Atrajo un banco con un pie y se doblaba para sentarse cuando descubrió la botella sobre la mesa. Estaba casi llena, tenía una etiqueta de uvas, espigas y plumas. Se sirvió un poco en un jarro de lata y se sentó mirando la espalda estrecha que ocultaba una sábana remendada y limpia.

—Puede echarme otra vez. No me voy a ir porque es necesario que hable con usted. Este coñac es muy malo; puedo convidarlo.

Volvió a beber y miró alrededor; pensó que la casilla formaba parte del juego, que la habían construido y habilitado con el solo propósito de albergar escenas que no podían ser representadas en el astillero.

—Estamos en la víspera; estoy autorizado para decírselo. Unos días más y nos pondremos nuevamente en marcha. No sólo tendremos el permiso legal sino también el dinero necesario. Millones de pesos. Tal vez sea necesario modificar el nombre de la empresa, agregar algún nombre al de Petrus, o sustituirlo por un nombre cualquiera que no sea un apellido. No vale la pena que le hable de los sueldos atrasados; el nuevo Directorio los reconoce y los paga. Ni Petrus ni yo hubiéramos aceptado otra solución. De modo que puede ir echando cuentas. Eso para arreglar las cosas y vivir con dignidad, como uno merece. Pero lo que realmente importa son los sueldos futuros. Y otra cosa: los bloques de casas que va a construir la empresa para el personal. Claro que no será obligatorio vivir en ellas, pero será sin duda muy conveniente. Pronto le voy a mostrar los planos. Respecto a todo esto tengo la palabra de Petrus.

No la tenía, claro; no tenía más que aquella tediosa manía, el embrujo que soportaba y cumplía, la necesidad de prolongarlo. En la casilla sucia y fría, bebiendo sin emborracharse frente a la indiferencia del Gerente Administrativo, Larsen sintió el espanto de la lucidez. Fuera de la farsa que había aceptado literalmente como un empleo, no había más que el invierno, la vejez, el no tener dónde ir, la misma posibilidad de la muerte. Hubiera pagado cualquier precio para que Gálvez se incorporara en la cama, mostrara los dientes y se pusiera a beber de la botella.

Sin aceptar la derrota, habló de sí mismo, plagió los monólogos recitados en la glorieta de la quinta de Petrus. Contaba, mintiendo, su encuentro con el comisario Vales, el revólver sobre la mesa, el displicente escupitajo, cuando Gálvez estiró las piernas y se volvió bostezando.

—¿Por qué no se va al diablo? —invitó nuevamente—.

Mañana voy a ir a trabajar.

Se rieron juntos, sin burlarse demasiado; prefirieron los tonos graves. Después quedaron en silencio, inmóviles, mucho tiempo, pensando en la verdad. Los perros habían estado ladrando enfurecidos pero ya no se oían. Larsen no había perdido la tarde; ahora se quedaba por cortesía y disimulo. Tomó la botella y fue a dejarla sobre la mesa; no se despidió porque desconfiaba de las palabras.

En la oscuridad sorprendente repitió el tanteo en los tres escalones y cruzó contoneándose el baldío desierto. No había mujer ni perros. Un viento alegre limpiaba el cielo y era seguro que para medianoche se verían las estrellas.

SANTA MARÍA - II

LA ÚLTIMA LANCHA de la carrera pasaba hacia el sur por Puerto Astillero a las dieciséis y veinte llegaba a Santa María cerca de las cinco.

Era lenta como la primera de la mañana; entoldada bajo la lluvia, iría arrimándose a cada desembarcadero para dejar huevos, damajuanas, cartas y saludos, algún mensaje confuso que se balancearía sobre el agua encrespada antes de intentar el arribo a la orilla. Pero a las cinco, a pesar del mal tiempo, aún habría luz en Santa María, curiosos en el muelle. Y él no deseaba —sobre todo sabiendo que iba para nada, que su viaje sólo era una pausa sin sentido, un acto vacío— tener que caminar sobre las piedras del puerto y las rectas rampas de las callejuelas con los ojos buscando miradas de asombro o burla o simple reconocimiento, con la boca apretada, lista, cargada de ordenados insultos, con la hipocresía de la mano escondida en la solapa, del dedo que rascaba el gatillo y lo seguiría rascando con fingida furia, pasara lo que pasara.

"Y tal vez, además, ni siquiera pueda encontrar a Díaz Grey; tal vez haya reventado o esté en la colonia ayudándose con un farol a esperar que una vaca o una gringa bruta se resuelva a largar la placenta. Es así de imbécil. Si voy a buscarlo, justamente hoy, con este tiempo sucio, sin que nada me impida postergar el viaje a no ser la superstición de que un ciego movimiento perpetuo puede fatigar a la desgracia, es porque tiene más que nadie eso que por apresuramiento estoy llamando imbecilidad."

Así que caminó por la calle enlodada, erguido en el

viento, defendiendo el sombrero con dos dedos, de Puerto Astillero a la fonda de Belgrano. Subió a su habitación, se estuvo examinando en el espejo, decidió afeitarse y cambiar la corbata. "Eso que viene sin interrupción de aquella cara chica y tranquila, y vaya a saber cuál es la palabra. Las ganas de tenerle lástima, de palmearle el hombro, y decirle hermano, Díaz Grey."

Bajó a tomar el vermut con el patrón y estuvo mirando desde el mostrador los grupos en la sala, llena de humo, de humedad y mal aire. Vio un hombre viejo y dos jóvenes, con sacos de cuero y capotes encerados; estaban cerca de una ventana, tomando vino blanco; uno de los muchachos separaba regularmente los labios y exhibía los dientes; limpiaba el vidrio de la ventana con el antebrazo, sonriendo a cada espasmo hacia los amigos y hacia el atardecer gris y arremolinado.

—¿Qué pueden pescar con este tiempo? —comentó Larsen compasivo.

—No crea —dijo el patrón—. Depende de las corrientes. A veces, cuando el agua se enturbia, se cansan de sacar pescado.

Cuando el reloj alto, con un borroneado aviso de aperitivo en la esfera, marcó las cuatro y media, Larsen se golpeó la frente y puso los dedos sobre el mostrador.

—*Gott* —se enderezó el patrón con una servilleta—. ¿Qué se olvidó?

Larsen sacudió un rato la cabeza, sonrió después con heroísmo.

—Casi nada. Tenía una cita muy importante esta noche en Santa María. Y la última lancha se fue hace rato. De veras, algo especialmente importante.

—Ah —dijo el patrón—. Entiendo. A mediodía vino la Josefina y me contó, confidencia, que don Jeremías llegaba esta noche a Santa María. A medianoche.

—Eso —confirmó Larsen—. Y ahora no hay nada que

hacer. ¿Tomamos otro vasito?

—Dieciséis y veinte la última lancha. Uno se queja, pero había una por semana y después dos. Cuando tuvimos dos, acá mismo hicimos una fiesta —llenó los vasos, parsimonioso, con una contenida alegría—. Quién sabe. Perdone —alzó su vaso, tomó un trago y fue a sentarse con los pescadores.

Solitario en el mostrador, volviendo la cabeza hacia la tormenta y el río, hacia el origen impreciso del olor a podredumbre, a profundidades excavadas, a recuerdos muertos que se habían filtrado en el salón del Belgrano, Larsen pensó en la vida, en mujeres, en el ronquido del viento a través de las ramas peladas de los plátanos, sobre la casilla de perro gigante de los fondos del astillero. "Ahora, por ejemplo, cuando todo empieza a terminar; la loca de la risa en la glorieta y el bicho éste con un sobretodo de hombre sujeto por un gancho. Son una sola mujer, lo mismo da. No hubo nunca mujeres sino una sola mujer que se repetía, que se repetía siempre de la misma manera. Y las maneras posibles eran pocas y no pudieron agarrarme desprevenido. Así que todo, desde el primer baile en un salón de barrio y hasta el fin, se me hizo dulce, cuesta abajo, y yo no tuve que gastar otra cosa que tiempo y paciencia."

Sonriente, enganchado en el pulgar el vaso vacío, el patrón regresó al mostrador.

—¿Sirvo otra?

—No gracias —dijo Larsen—. Es mi medida.

—Como quiera —pasó inútilmente la sucia servilleta sobre la madera seca—. Algo hay. Si es tan importante, como yo creo, que lo vea esta noche al señor Petrus... No será muy cómodo, pero no hay otra cosa. Los amigos vienen de Míguez, más abajo de Enduro, donde entra la costa.

—Conozco —dijo Larsen, indolente, perfilado, el ciga-

91

rrillo colgándole de un lado de la boca.

—Si se anima... Les hablé y, por ellos, lo llevan con gusto hasta Santa María. Van a bailar un poco y no tienen toldo impermeable. Vea si le conviene; es gratis.

Larsen sonrió sin volverse, sin contestar a las miradas y los tímidos cabeceos de los tres hombres.

—¿Lancha de vela?

—Tienen motor —dijo el patrón—. La *Laura*, la tiene que haber visto. Pero claro que si no hay necesidad no van a gastar combustible.

—Gracias —murmuró Larsen—. ¿A qué hora salen?

—En seguida, estaban por irse.

—Perfecto. Présteme cincuenta, si puede y quiere, hasta el lunes. El lunes arreglamos.

El patrón abrió la caja y golpeó suavemente contra el mostrador el billete verde. Larsen asintió con la cabeza y lo fue envolviendo en dos dedos. Sin prisa, disimulando el taconeo, rebajando su importancia, con las manos en los bolsillos del abrigo y el cigarrillo casi convertido en ceniza colgando de su boca benévola y fraternal, se acercó a los pescadores, que se pusieron de pie, sonrientes, cabeceando. Así empezó el viaje de Larsen a Santa María.

* * *

Hagen, el del surtidor de nafta en la esquina de la plaza, creyó reconocerlo; debe haber sido aquella misma noche; era lluviosa y ningún testimonio indica que Larsen haya hecho más visitas a Santa María, desde que se instaló en Puerto Astillero, que la última y esta otra, más confusa y ofrecida a las conjeturas.

"Me pareció que era él por la manera de caminar. Casi no había luz y la lluvia molestaba. Y tampoco lo hubiera visto, o creído verlo, si no es porque en el momento, casi las diez, le da por atracar al camión de *Alpargatas* que debió haber pasado a la tarde. Empezó a los bocinazos hasta que me hizo salir de *Nueva Italia*, y nos estábamos insultando con el chófer, cuando le dije «Pare un momento», y me quedé con el caño en el aire, mirando hacia la esquina por donde me pareció que lo veía venir. Ya le digo que había vuelto a caer agua y allí el farol alumbra más nada que poco. Venía empapado y más viejo, si es que era él, ayudándose al caminar más que antes con los brazos, la cabeza con el gacho negro doblado hacia adelante; con lo que ya se hacía imposible entenderle la cara, porque la lluvia le golpeaba de frente. Suponiendo que fuera. Decían que estaba en la Capital, y le puedo asegurar que no vino en la balsa del mediodía ni en la de la tarde; y si vino por tren a las cinco y siete, difícil que no me haya enterado. Fue menos de media cuadra, entonces, con luz y lluvia en contra, desde la esquina donde están rompiendo la ochava para poner, dicen, una vidriera de gomería como si no hubiera bastantes, hasta que me lo escondió el automóvil del doctor y es forzoso que se haya metido en un zaguán. No me puedo confundir porque lo que había de farol brillaba en la chapa de bronce, aunque parece que no la hizo limpiar desde que le dieron el título. Si dobló en aquella esquina no venía del muelle ni de la estación. Sólo media cuadra, menos; y lo estuve viendo con las desventajas que dije. Pero, sin jurarlo, me pareció que era él, que reconocía sobre todo aquel trote retobado, menos saltarín ahora, y algo que no puede explicarse en el braceo y la cuarta de puños que le sobraba de las mangas. Pensando después, pero sólo como capricho, me convencí casi porque cualquier otro, lloviendo y con frío, andaría con las manos metidas en los bolsillos. Él, no; si era él."

* * *

La hora en que Hagen tuvo su dudosa visión de Larsen coincidía con el momento en que normalmente el doctor Díaz Grey, luego de la indiferente lectura en la cena, prolongada en la sobremesa solitaria, mientras la sirvienta recogía los platos, alisaba la carpeta y le aproximaba el mazo de naipes, comenzaba a pensar qué convendría intentar para dormirse, qué combinaciones de drogas, ritmos respiratorios, trampas de la imaginación. Tal vez no fuera él mismo quien pensara sino una puntual memoria, dentro de él pero independiente desde años atrás. Siempre, con un corto desafío sin objeto que lo rejuvenecía, planeaba no hacer nada, esperar inmóvil e indiferente el alba, la mañana, otra noche que encajara en ésta.

Si ningún enfermo lo hacía llamar, si no lo obligaban a traquetear con una cómica velocidad en el automóvil de segunda o tercera mano que había terminado por comprar, aquella era la hora en que cargaba de discos sacros el fonógrafo y se ponía a combinar solitarios con los naipes, concediendo a la música, invariable ya hasta en su orden, sabida de memoria, no más de la cuarta parte de un oído, mientras dudaba, con leve excitación, entre reyes y ases, entre seconal y bromural.

Cada uno de los discos del inmodificado programa nocturno, cada uno de sus ambiciosos crescendos, de los fracasos finales, tenía un sentido claro, expuesto con mayor precisión que todo lo que pudiera incorporársele por la palabra o el pensamiento. Pero él, Díaz Grey, este médico de Santa María, solterón, de casi cincuenta años de edad, casi calvo, pobre, acostumbrado ya al aburrimiento y a la vergüenza de ser feliz, no podía prestar a la música —a esa música, justamente, elegida un poco por bravata y por el deseo perverso de saberse cada noche, pero protegido, al borde de la verdad y de un inevitable aniquilamiento—, más que la cuarta parte de un oído. A veces, con una deliberada picardía sin gracia, silbaba entre dientes la música que estaba escuchando, mientras cambiaba de columna, con orgullo y decisión, un siete o una sota.

Aquella noche, la de Hagen o cualquier otra, a las diez, Díaz Grey oyó el timbre de la calle. Mezcló los naipes sobre la carpeta como si quisiera embarullar pistas e interrumpió el disco que estaba sonando. "Cuando no usan el teléfono, a esta hora, es el caso grave, la desesperación, la necesidad de atrapar al médico, el supersticioso alivio de mirarlo y hablarle en seguida. Tal vez Freitas, no le queda más de una semana; y entonces, digitalina porque está prescripto, y hablar del lino con las bestias de los hijos y de un caballo de carrera, puro, con el menor. Si muere de madrugada, les voy a mostrar mi fatiga y mi insomnio y mi paciencia hasta que salga el sol." Pasó del comedor al consultorio y cuando estuvo en el vestíbulo gritó a la mujer que empezaba a taconear en la escalera del altillo:

—Deje, que yo atiendo.

Dos metros abajo, en la puerta cancel que no se cerraba nunca con llave, Larsen se quitó el sombrero para sacudir la lluvia y saludó sonriendo y disculpándose.

—Suba —dijo Díaz Grey. Entró al consultorio y dejó la puerta abierta; esperó apoyado en el escritorio, oyendo el chapoteo del agua en los zapatos del hombre que subía, tratando de animar los recuerdos que rodeaban aquella voz ronca, aquella sonrisa torcida.

—Salud —dijo Larsen en la puerta, quitándose el sombrero que había vuelto a ponerse—. Le voy a dejar el piso a la miseria —dio unos pasos y volvió a sonreír, de manera distinta ahora, ya sin humildad ni cortesía, la cabeza hacia un hombro, los ojos hundidos entre arrugas escasas y profundas, esféricos y calculadores—. ¿Se acuerda?

Díaz Grey se acordó de todo; inmóvil contra el escritorio, mordiéndose suavemente los labios, sintió que iba llenándose de entusiasmo por el recuerdo y de una absurda lástima por el hombre que chorreaba lluvia en silencio sobre el linóleo. Le apretó la mano y puso otra sobre el hombro empapado y frío.

—¿Por qué no se saca el sobretodo y se sienta? Tengo una estufa eléctrica. ¿Quiere que la traiga? —se sentía protector, más fuerte que Larsen, desinteresado, y no le importaba mostrarlo.

Larsen dijo que no. Con una mano blanda se quitó el sobretodo y fue a dejarlo, junto con el sombrero, encima de la camilla.

"Pero él nunca estuvo aquí, nunca me trajo alguna de las mujeres para que la abriera innecesariamente con el espéculo. O podía haber llegado alguna tarde, en una era anterior a los antibióticos, para pedirme con un retorcido orgullo, de amigo a amigo, que le aplicara la sonda. Y sin embargo, se mueve como si conociera de memoria el consultorio, como si esta visita fuera un calco de muchas noches anteriores."

—Doctor —rezongó Larsen con una mentirosa solemnidad, buscándole los ojos.

Díaz Grey le acercó una silla cromada y fue a sentarse detrás del escritorio. "El rincón del biombo más allá de su hombro izquierdo, la camilla donde estiró el sobretodo como a un muerto —el sombrero encima de una plana cara invisible—, los estantes de la biblioteca, las ventanas donde vuelve a golpear la lluvia."

—Tiempo sin verlo —dijo.

—Años —asintió Larsen—. ¿Fuma? Es cierto, casi nunca fumaba —encendió el cigarrilo, en un principio de rabia, porque algo se le estaba escapando, porque se sentía aislado y expuesto en la incómoda silla de metal y cuero en el centro del consultorio—. Primero, entienda, quiero pedirle disculpas por todas las molestias de aquel tiempo. Usted se portó muy bien, y sin obligación, sin que le fuera nada en el asunto. Le vuelvo a dar las gracias.

—No —dijo Díaz Grey, lentamente, resuelto a explotar la noche y el encuentro hasta donde fuera posible—, hice lo que entonces me pareció bien hacer, también lo que me gustaba hacer. ¿Sabe que el padre Bergner murió?

—Lo leí hace tiempo. ¿Lo habían ascendido, no? Creo que le dieron otro puesto en la capital de la provincia.

—No, nunca salió de aquí. No quiso irse. Yo lo atendí en la enfermedad.

—No me lo va a creer. Pero después que pasaron las cosas, me convencí de que el cura era un gran tipo. Él en su lado, yo en el mío.

—Espere —dijo el médico, levantándose—. Le va a venir bien después de la mojadura.

Fue hasta el comedor y volvió con una botella de caña y dos vasos. Mientras servía escuchaba la delgada cortina de lluvia en la ventana, el silencio campesino detrás; sintió un escalofrío y ganas de sonreír como si le estuvieran contando un cuento en la infancia.

—De contrabando —ponderó Larsen, alzando la botella.

—Sí, debe ser, la traen enla balsa —volvió a sentarse detrás del escritorio, nuevamente seguro y capaz de protegerse con la indiferencia, como si Larsen fuera un enfermo—. Espere —volvió a decir, mientras el otro bebía. Fue hasta el rincón de la vitrina de instrumentos, desconectó el teléfono y regresó a la silla del escritorio.

—Muy buena. Seca —dijo Larsen.

—Sírvase usted mismo. Usted pensó eso, del padre. Yo

pensé, y lo sigo creyendo, que él y usted se parecían mucho. Claro que es un parecido largo de explicar. Además, todo eso es historia vieja. Y usted habrá venido a visitarme por algo. No supe que estaba en Santa María.

—No, doctor —dijo Larsen llenando los vasos— afortunadamente la salud anda bien. No estoy en Santa María. Y créame, no la hubiera vuelto a pisar si no fuera porque quería verlo. Ya le voy a explicar —alzó los ojos y remedó, gravemente, la mueca que hacía con la boca al sonreír—. Estoy en Puerto Astillero, en lo de Petrus. Me ofreció la Gerencia y allí estoy.

—Sí —asintió Díaz Grey con cautela, temeroso de que el otro dejara de hablar, agradecido a lo que la noche había querido traerle, incrédulo. Bebió un trago y sonrió como si comprendiera y aprobara todo—. Sí, conozco al viejo Petrus, a la hija. Tengo clientes y amigos en Puerto Astillero.

Volvió a beber para esconder su alegría y hasta pidió un cigarrillo a Larsen aunque tenía una caja llena encima del escritorio. Pero no deseaba burlarse de nadie, nadie en particular le parecía risible; estaba de pronto alegre, estremecido por un sentimiento desacostumbrado y cálido, humilde, feliz y reconocido porque la vida de los hombres continuaba siendo absurda e inútil y de alguna manera u otra continuaba también enviándole emisarios, gratuitamente, para confirmar su absurdo y su inutilidad.

—Un puesto de gran responsabilidad —dijo sin énfasis—. Sobre todo en estos momentos de dificultad para la empresa. ¿Y Petrus lo conocía a usted desde hace tiempo?

—No, no sabe nada de la historia. Nadie sabe en Puerto Astillero. Más bien un encuentro fortuito, doctor. Me permití dar su nombre como referencia.

—Nunca me preguntaron —volvió a beber y escuchó

la lluvia; se sentía ocupado por una curiosidad sin an-
sias, confiada. Dejó de mirar a Larsen, dejó de hablar y
contempló los lomos de los libros en los estantes. En la
mitad del silencio, Larsen carraspeó.

—A propósito. Dos cosas. Quería preguntarle, doctor.
Yo sé que con usted se puede hablar.

"Este hombre envejecido, *Juntacadáveres*, hiperten-
so, con un resplandor bondadoso en la piel del cráneo
que se le va quedando desnuda, despatarrado, con una
barriga redonda que le avanza sobre los muslos".

—En cuanto a Petrus —dijo Díaz Grey— está durmiendo en la esquina, en el hotel Plaza. Hablé con él, apenas,
esta tarde.

—Lo sabía, doctor —sonrió Larsen—, y quién le dice
que no es por eso que estoy aquí.

"Este hombre que vivió los últimos treinta años del
dinero sucio que le daban con gusto mujeres sucias, que
atinó a defenderse de la vida sustituyéndola por una
traición, sin origen, de dureza y coraje; que creyó de
una manera y ahora sigue creyendo de otra, que no nació para morir sino para ganar e imponerse, que en este
mismo momento se está imaginando la vida como un
territorio infinito y sin tiempo en el que es forzoso avanzar y sacar ventajas."

—Pregunte lo que quiera. Espere un momento —fue
hasta el comedor e hizo funcionar el aparato de los discos; había dejado la puerta entornada, de modo que la
música no llegaba más fuerte que la lluvia.

—Primero la empresa, doctor. ¿Qué cree? Usted tiene
que saber. Digo, si hay probabilidades de que Petrus
salga a flote.

—Hace más de cinco años que se discute eso en Santa
María, en el hotel y en el club, a la hora del aperitivo. Yo
tengo mis datos. Pero usted está llá, es el Gerente.

Larsen volvió a torcer la boca y se miró las uñas. Los

dos se buscaron los ojos; ya no se oía la lluvia y el coro empezaba a llenar el consultorio. Breve y perezosa sonó una bocina en el río.

—Como en la iglesia —dijo Larsen con dulzura y respeto, cabeceando—. Le voy a ser franco. No me ocupo de la parte administrativa. Lo que hago por ahora es un estudio general, para empaparme del asunto, y examino los costos —alzó los hombros para disculparse—. Pero aquello es una ruina.

"Y justamente este hombre, que debía estar hasta su muerte por lo menos a cien kilómetros de aquí, tuvo que volver para enredarse las patas endurecidas en lo que queda de la telaraña del viejo Petrus."

—Por lo que yo sé —dijo Díaz Grey— no hay la menor esperanza. No liquidaron todavía la sociedad porque a nadie puede beneficiar la liquidación. Los accionistas principales dieron el asunto por perdido hace tiempo y se olvidaron.

—¿Seguro? Petrus habla de treinta millones.

—Sí, ya lo sé, lo oí también esta tarde. Petrus está loco, o trata de seguir creyendo para no volverse loco. Si liquidan cobrará cien mil pesos y yo sé que debe, él, personalmente, más de un millón. Pero mientras, puede seguir presentando escritos y visitando ministerios. Está muy viejo, además. ¿Usted cobra sueldo?

—No de manera efectiva, por ahora.

—Sí —dijo Díaz Grey, dulcemente—: he conocido otros gerentes de Petrus; muchos se despidieron en Santa María mientras esperaban la balsa. Una lista larga. Y no había dos parecidos. Como si el viejo Petrus los eligiera o los encargara siempre distintos, con la esperanza de encontrar algún día alguno diferente a todos los hombres, alguno que hasta engorde con el desencanto y el hambre y no se vaya nunca.

—Tal vez sea así, doctor.

—Los vi.

(Podrían haber sido cinco o seis, en tres años, los gerentes generales, o administrativos o técnicos de Jeremías Petrus S. A.; que pasaron por Santa María, de regreso de un exilio que ellos no podían sentir como un mero alejamiento de lugares familiares o, por lo menos, susceptibles de ser entendidos y ubicados. No tan distintos, después de todo; emparentados por la pobreza o la miseria agresiva de sus ropas, fantásticas, dispares. Pero con un algo de vigilada decadencia, un aire común que parecía el uniforme del pequeño ejército formado por la locura infecciosa del viejo Petrus. Muchos otros, tal vez el doble, no habían sido vistos estableciendo en Santa María un nuevo contacto con el mundo hostil, adverso, pero que podía ser creído y desafiado. Algunos subieron a una lancha en Puerto Astillero y dispararon en cualquier dirección; otros pasaron por la ciudad cubiertos aún por un miedo que podía confundirse con el orgullo y los hacía incógnitos e invisibles. No tan distintos: hermanados, además, por una mirada, no vacía, sino vaciada de lo que había tenido y confesado antes, de lo que continuaban teniendo los ojos de los habitantes de aquel primer pedazo de tierra firme que pisaban al huir.

Regresaban, en realidad, como sabían todos los que hablaron con ellos y como ellos mismos admitían, de Puerto Astillero, un sitio cualquiera de la costa, con colonos alemanes y rancheríos de mestizos rodeando, junto con el río, el edificio de Petrus S. A., un cubo gris de cemento desconchado, un abandono que ocupaban formas de hierro herrumbroso. Llegaban de un punto que solo separaban de Santa María algunos minutos de lancha, poco más de dos horas para el hombre resuelto o desesperado que se forzara, andando, un camino entre alambrados de quintas y montes de sauces. Sus ojos, apartándolos de los amables escuchadores de sus cuitas

101

imprecisas y enardecidas por el regreso, los unía, los soldaba para siempre a otros gerentes de jerarquía diversa que habían cruzado en retirada la ciudad y a los que habrían de llegar en el futuro. Eran ojos, miradas, con un destello sorprendentemente duro pero jubiloso. Estaban, los gerentes, de vuelta; agradecían las maderas, las manos, los vidrios que palpaban, las bocas que les hacían preguntas, las sonrisas, las lástimas y los asombros.

Pero este júbilo de sus ojos no era el de retorno de un destierro, o no sólo eso. Miraban como si acabaran de resucitar y como seguros de que el recuerdo de la muerte recién dejada —un recuerdo intransferible, indócil a las palabras y al silencio— era ya para siempre una cualidad de sus almas. No volvían de un lugar determinado, según sus ojos; volvían de haber estado en ninguna parte, en una soledad absoluta y engañosamente poblada por símbolos: la ambición, la seguridad, el tiempo, el poder. Volvían, nunca del todo lúcidos, nunca verdaderamente liberados, de un particular infierno creado con ignorancia por el viejo Petrus.)

La música se refería a la fraternidad y al consuelo. Larsen escuchaba con la cabeza ladeada, la copa sujeta por las manos que colgaban entre las rodillas, tolerante, sin fe en ningún sentido o resultado imaginable de la entrevista, seguro de que bastaba durar para vencer.

—Pero no crea, doctor. No nos moriremos de hambre. Organicé a la gente, el personal superior que queda, y no hay motivo de queja. Y tampoco pienso irme.

—Sí, tal vez sea usted el hombre que necesitaba Petrus, el hombre justo para aquello. No tiene nada de cómico, de increíble, aunque es seguro que me hubiera reído si viniera otro a contármelo. Es raro que aquí nadie supiese nada.

—Puerto Astillero está muerto, doctor. Apenas si atra-

can las lanchas, nadie llega ni se embarca. Hoy mismo, para venir, tuve que alquilar una lancha de pescadores —sonrió con desdén y excusa; el nuevo disco ensalzaba convincente la esperanza absurda.

—Así que usted está allí —dijo Díaz Grey, con repentina alegría—. Todo está bien, todo está en orden. Déjeme hablar; casi nunca bebo, aparte de la cuota de las siete de la tarde en el bar del hotel. Y siempre, casi siempre, la misma gente, las mismas cosas. Usted y Petrus. Tendría que haberlo profetizado; me doy cuenta y me avergüenzo. No hay sorpresas en la vida, usted sabe. Todo lo que nos sorprende es justamente aquello que confirma el sentido de la vida. Pero nos educaron mal, exigimos ser mal educados. Tal vez usted no, tampoco Petrus —sonrió cariñosamente y llenó la copa que había dejado Larsen sobre el escritorio; después la suya, lentamente, sosteniendo con velada piedad la sonrisa. Oyó el chasquido de la máquina en el silencio: sólo quedaba una cara de disco, no había lluvia ni viento.

—La última, doctor —pidió Larsen—. Me quedan algunas cosas que hacer esta noche y muy importantes. No se imagina el gusto de verlo y estar así con usted. Siempre pensé y dije que el doctor Díaz Grey era lo mejor del pueblo. Salud. No hay sorpresas en la vida, tiene razón; por lo menos para los hombres de veras. La sabemos de memoria, permítame, como a una mujer. Y en cuanto al sentido de la vida, no se piense que hablo en vano. Algo entiendo. Uno hace cosas, pero no puede hacer más que lo que hace. O, distinto, no siempre se elige. Pero los demás...

—Los demás también, créame —dijo el médico con paciencia, con la costumbre de ser claro y obvio que le habían inculcado en la Facultad para beneficio de los enfermos pobres—. Usted y ellos. Todos sabiendo que nuestra manera de vivir es una farsa, capaces de admitirlo, pero no haciéndolo porque cada uno necesita, además, proteger una farsa personal. También yo, claro. Petrus es un farsante cuando le ofrece la Gerencia General y usted otro cuando acepta. Es un juego, y usted y él saben que el otro está jugando. Pero se callan y disimulan. Petrus necesita un gerente para poder chicanear probando que no se interrumpió el funcionamiento del astillero. Usted quiere ir acumulando sueldos por si algún día viene el milagro y el asunto se arregla y se puede exigir el pago. Supongo.

Era la última cara de disco y abogaba por la adopción de una enajenada forma del consentimiento que nunca podría crecer espontáneamente en un hombre. "No tengo que preocuparme de que entienda. Se me ocurre que no lo volveré a ver. Puedo hablarle, no a él, no a lo que él sabe, sino a lo que él significaba para mí."

—Usted gana, doctor. En cuanto a eso. Pero hay algo más —sonrió como si agregara una felicitación pública y para esconder la parte más valiosa de algo más: su locura, los cálculos sobre metalización, los presupuestos por reparaciones de cascos de barcos que tal vez yacieran ahora tumbados en un fondo submarino, los delirios solitarios en el cobertizo en ruinas; su esclavizado, viril amor por todos los objetos, los recuerdos no vividos y las almas en pena que habitaban el astillero.

—Habrá; ya estaría en el hotel con Petrus si no hubiera. Usted dice, Larsen, que uno no es siempre lo que hace. Puede ser. Pienso en lo de antes, en el sentido de la vida. El error está en que pensamos lo mismo de la vida; que no es lo que hace. Pero es mentira; no es más que eso, lo que todos vemos y sabemos —pero no pudo animarse y sólo pensó: "y esto tiene un sentido claro, un sentido que ella, la vida, nunca trató de ocultar y contra el cual estúpidamente luchan los hombres desde el principio con palabras y ansiedades. Y la prueba de la impotencia de los hombres para aceptar su sentido está en que la más increíble de todas las posibilidades, la de nuestra propia muerte, es para ella cosa tan de rutina; un suceso, en todo momento, ya cumplido".

La púa rascó unas vueltas en el silencio, hubo otro chasquido, el anuncio del sosiego. Díaz Grey se sintió vacío y aburrido, examinó un confuso remordimiento.

—De tener razón, doctor. Pero yo, por mí, nunca busqué complicaciones. Hay otra cosa, como bien dice —se miró los zapatos opacos por la humedad y se estiró los calcetines.

—¿Usted conoce a la hija de Petrus? Angélica Inés. Estamos comprometidos.

Incapaz de reírse, jugando con la idea de que la entrevista era un sueño o por lo menos una comedia organizada por alguien inimaginable para hacerlo feliz durante unas horas de una noche, Díaz Grey retrocedió en el asiento arrastrando un cigarrillo sobre el escritorio.

—Angélica Inés Petrus —murmuró—. Y yo dije hace un rato, humildemente, con poca fe: usted y Petrus. Me parece perfecto, todo es perfecto en el segundo momento.

—Gracias, doctor. Ahora, que hay algo. Usted ya lo comprende —sin esperanzas ni intención de ser creído, como un simple homenaje amistoso, Larsen dejó de mirarse los pies y alzó hacia el médico la mejor expresión de inocencia, de honrada inquietud y sinceridad que le era posible componer a los cincuenta años. Díaz Grey asintió como si la repugnante y desinteresada intención de conmover que mostraba la cara de Larsen hubiera sido una frase. Esperó estremecido—. Nos queremos, claro. Todo empezó en casi nada, como siempre sucede. Pero es un paso serio. Lo más importante de mi viaje, con esta lluvia y en una lancha de pescadores, era hablar con usted del problema. Puede haber hijos, puede ser que el matrimonio la perjudique.

—¿Cuándo se casan? —preguntó Díaz Grey con fervor.

—Eso. Comprenda que no puedo estar haciéndola perder el tiempo. Yo quisiera saber, respetando el secreto profesional...

—Bueno —dijo Díaz Grey, acercando el cuerpo al escritorio, bostezando y sonriendo después plácidamente con los ojos llenos de lágrimas—. Es rara. Es anormal. Está loca pero es muy posible que no llegue nunca a estar más loca que ahora. Hijos, no. La madre murió idiota aunque la causa concreta fue un derrame. Y el viejo Petrus, ya le dije, simula la locura para no quedarse loco del todo. Es duro de decir, pero sería mejor que no tengan hijos. En cuanto a vivir con ella, usted la conoce, me imagino; sabrá si puede soportarla.

Se levantó y volvió a bostezar. Larsen destruyó velozmente su cara de preocupada inocencia y fue a recoger de la camilla, con un crujido de rótula, el sobretodo y el sombrero.

Ahora, en la incompleta reconstrucción de aquella noche, en el capricho de darle una importancia o sentido históricos, en el juego inofensivo de acortar una velada de invierno manejando, mezclando, haciendo trampas con todas estas cosas que a nadie interesan y que no son imprescindibles, llega el testimonio del *barman* del Plaza.

Acepta que una noche de lluvia, durante aquel invierno, un hombre coincidente con la descripción de Larsen que le fue proporcionada, abundante, contradictoria en ciertos puntos porque los entusiasmos variaban, se acercó al mostrador y preguntó si el señor Jeremías Petrus "paraba" en el hotel.

"Era una palabra vieja y por eso dejé de pensar en el *Simmons Fizz* y lo miré dos veces. Ya casi todos dicen «alojarse» o «encontrarse»; y algunos de la Colonia, hombres hechos, que tal vez no hayan nacido aquí, «estar de paso». Este decía «parar» sin sacarse las manos de los bolsillos del sobretodo, ni tampoco el sombrero; no había dado las buenas noches o no se las oí. Esa palabra vieja, es posible que ayudada por la voz, me hizo pensar en tiempos de juventud, en café de esquinas de barrios. Cosas. Cuando el tipo habló yo estaba sin nada que hacer, la sala casi vacía y nadie en el mostrador, limpiando algún vaso con una servilleta aunque no me corresponde, y los vasos están siempre limpios. Yo estaba pensando en el negro Charlie Simmons y en el *fizz* que había hecho y bautizado y en la evidencia de que la receta que me transmitió era falsa. Porque me la dijo en cuanto se la pedí, porque la bebida que sale, de un color muy lindo, es sinceramente maléfica y porque nunca, en realidad, lo vi preparando. Él estaba entonces, duró poco, en el Ricky, que después se llamó Noneim, y después no sé. Pensaba distraído en eso y en otra cosa anterior. Entonces vino el hombre, que tal vez sea quien usted dice, aunque nunca lo vi antes, cuando vivió en Santa María. Más bien bajo, seguro, engordando, yendo para viejo pero todavía con cuerda y con aire de no enterarse del almanaque. Tendría que haberle dicho que se dirigiera al conserje, Tobías, el que anota y anda con las llaves. Pero la frase ésa, si «para» en el hotel, la palabra más bien, me ganó y le contesté. Le dije que sí y en qué habitación. Todos sabíamos y comentamos el asunto: el viejo Petrus enfermo o haciéndose el enfermo, metido desde la mañana en el 25, que tiene *living* y se reserva para novios, sin haber pedido durante todo el día otra cosa que una botella de agua mineral, sin que nadie supiera, por más que dijeron, si el francés se atrevería a presentarle la cuenta, ésta y las atrasadas, sólidos miles de pesos. Y no para verlo firmar arriba de la cuenta sino en un cheque con fondos, contra algún banco que no puedo imaginarme pero que, por qué no, tendría que llamarse Petrus y Compañía o alguna cosa como Petrus y Petrus. Sólo así. Cabeceó para darme las gracias y se puso a caminar en dirección al ascensor. Quería chistarle y decirle que llamara antes por el interno; me dejé estar y siguió caminando. Era como me dice: naturalmente pesado pero exagerándolo, negro de ropas, taconeando mientras pudo en el silencio del bar vacío, sin ruido después sobre la alfombra del corredor, la espalda arqueada como si estuviera llevando con el pecho alguna cosa por delante. El pobre. La otra cosa anterior en que yo pensaba se le ocurre a cualquiera. Pensaba en el negro Charles Simmons, el hombre mejor vestido que vi nunca; en la vez, que alguna vez tuvo que ser, en que se distrajo revolviendo un *gin fizz* con una cuchara larga y se le ocurrió que lo que hacía podía mejorarse o que era posible hacerse famoso con cualquier cambio de medidas o ingredientes sin dar nada nuevo o mejor. Que es lo que no sé y me sigo preguntando."

La puerta no tenía llave; de modo que después de algunos pasos sinuosos en la penumbra de la salita, Larsen se introdujo en la luz del dormitorio y vio al viejo Petrus boca arriba, acurrucado en la cuarta parte de una cama matrimonial, con una lapicera en la mano y una libreta negra, con ganchos cromados, apoyada en las rodillas. Vuelta hacia él la cara reducida, sin asombro ni miedo, sin otra cosa que una suave inquisición profesional.

—Buenas noches y perdone —dijo Larsen. Sacó las manos de los bolsillos y puso cuidadosamente el sombrero en la repisa de la chimenea falsa.

—Es usted, señor —comentó el viejo; sin desviar la cara, guardó la lapicera y la libreta debajo de la almohada.

—Aquí estamos, señor, a pesar de todo. Y mucho me temo... —avanzó velozmente y ofreció su mano hasta que Petrus colocó la suya, muy pequeña y seca.

—Sí —dijo Petrus—. Siéntese, señor. Arrime una silla —lo miró calculando, estuvo moviendo la cabeza como si aprobara.

—Espero que todo marche bien en el astillero. Estamos al borde del triunfo, cuestión de días. En esta época, es triste, hay que llamar triunfo a un acto de justicia. Tengo la palabra de un ministro. ¿Alguna dificultad con el personal?

Larsen se sentó en la cama, sonrió para congraciarse con los ángeles, pensó en el batallón de espectros del personal, en huellas que tal vez hubieran dejado y que en todo caso no constituían evidencia; pensó en Gálvez y Kunz, en la pareja de perros saltando hacia la barriga de la mujer con abrigo de hombre. También en agún charco, un agujero en forma de ventana, alguna bisagra destornillada y colgante.

—Ninguna, señor. Hubo cierta resistencia, absurda, al principio. Pero ahora, le puedo asegurar, todo marcha como una máquina.

Petrus sonrió y dijo que era justamente lo que había esperado y que estaba seguro de no equivocarse al elegir hombres y asignarles tareas. "Soy un conductor; ésa es la primera virtud de un conductor." La noche estaba afuera, enmudecida, y la vastedad del mundo podía ser puesta en duda.

Aquí no había más que el cuerpo raquítico bajo las mantas, la cabeza de cadáver amarillenta y sonriendo sobre las gruesas almohadas verticales, el viejo y su juego.

—Me alegro —dijo Larsen, crédulo, sin énfasis—. Siempre he pensado, mientras me ocupaba de los problemas del astillero y vigilaba el rendimiento del personal, que yo estaba a cargo de la retaguardia mientras usted... —suspiró, casi satisfecho, y tuvo un escalofrío dentro del sobretodo empapado.

—En la línea de fuego, señor. Justamente —celebró el viejo, con una sonrisa—. Más riesgo y más gloria. Pero si la retaguardia llega a fallar...

—Esa es la idea que me da ánimos.

—Todo esto es obra mía —dijo Petrus deslizando una mano para tocar durante un segundo la libreta bajo la almohada—. Y no me voy a morir antes de ver que todo vuelve a ponerse en marcha. Es imposible. Pero su tarea, señor, es tan importante como la mía. Si el astillero se paraliza una sola hora, ¿qué cosa podré estar defendiendo en las antesalas de esos covachuelistas, esos piojos resucitados? Le estoy muy reconocido.

Larsen cabeceó con una mueca alegre, tímida, agradecida. El viejo Petrus recogió con rapidez su sonrisa y la cara flaca, entre patillas, se puso a exhibir con deliberación la espera, cortés pero exigente.

Una mujer y un hombre pasaron frente a la puerta conversando en voz alta; despectivo, hundido en la paciencia, el hombre iba negando alguna cosa.

—Aquello está listo, le aseguro, para el momento en que usted dé la orden —se esforzó Larsen.

Pero ni las voces de afuera ni ésta que había sonado a los pies de la cama pudieron distraer de su resolución de pregunta a la cabeza de momia de mono que se apoyaba sin peso en las almohadas.

"No es una sonrisa esa arruga bien repartida que hace. No le importa nada de nadie, y yo no soy yo, ni siquiera el cuerpo número 30 o 40 que está ocupando esta noche el invariable Gerente General del astillero. Yo soy, apenas, una desconfianza. Y ni siquiera me tiene miedo. Entré sin llamar, es tarde, él no me avisó que estaría esta noche en Santa María. Le gustaría saber por qué miento, qué planes y esperanzas tengo. Está impaciente por saber; entretanto se divierte. Nació para este juego y lo practica desde el día en que nací yo, unos veinte años de ventaja. No soy una persona, así que no es una sonrisa la complicación esa que le impone a la cara; es una pantalla y una orden, una manera de ganar tiempo, de pasar mientras espera cartas y apuestas. El doctor estaba un poquito loco, como siempre, pero tenía razón; somos unos cuantos los que jugamos al mismo juego. Ahora, todo está en la manera de jugar. El viejo y yo queremos dinero, y mucho, y también nos parecemos en la falla de quererlo, en el fondo, porque sí, porque ésa es la medida con que se mide un hombre. Pero él juega distinto y no sólo por el tamaño y el montón de las fichas. Con menos desesperación que yo, para empezar, aunque le queda tan poco tiempo y lo sabe; y para seguir, me lleva la otra ventaja de que, sinceramente, lo único que le importa es el juego y no lo que pueda ganar. También yo; es mi hermano mayor, mi padre, y lo saludo. Pero yo a veces me asusto y hago sin querer balance."

La mujer y el hombre que habían pasado por el corredor ahuecaron allá lejos el silencio con un suave, inhumano murmullo. Hicieron sonar después definitivamente el pestillo de una puerta y la noche de lluvia se transformó en ventosa, placentera y gimiente, no más real que un recuerdo, más allá de las persianas corridas sobre la plaza.

El estupor de la cabeza falsamente apoyada en la almohada, casi vertical, consciente de los límites que imponían las patillas blancas y agresivas, y fortalecida por ellos, empezaba a teñirse de impaciencia. Escaso de fe, Larsen organizó el gran gesto de la cara que cae y se acerca con una demorada expresión de confidencia. "Abajo de estas ventanas pasé tantas noches con una mano en el revólver o cerca, pisando fuerte, a la vez ajeno y desdeñoso y provocando siempre inútilmente."

Oyó, ronco y débil, inconvincente, un bocinazo en el río repetido tres veces. Se palpó de cigarrillos y no tuvo fuerzas para desprender el sobretodo húmedo que lo rodeaba, seduciéndolo, con un olor triste y cobarde, un perfume de resaca y de antiquísimas lociones que le habían resegado en el pelo en salones de peluquerías que series de espejos hacían infinitos, tal vez demolidos años atrás, increíbles ya, en todo caso. Sospechó, de golpe, lo que todos llegan a comprender, más tarde o más temprano: que era el único hombre vivo en un mundo ocupado por fantasmas, que la comunicación era imposible y ni siquiera deseable, que tanto daba la lástima como el odio, que un tolerante hastío, una participación dividida entre el respeto y la sensualidad eran lo único que podía ser exigido y convenía dar.

—Sí, señor —dijo calmoso Petrus o sólo la voz de Petrus. Entonces Larsen pidió perdón y explicó en pocas palabras que sólo actuaba impulsado por la lealtad y por una incontrolable, total identificación con Jeremías Petrus y sus ambiciones. No enumeró, sino que ofreció en síntesis —y con la modestia del profano que más presiente que sabe— los peligros agazapados en el título falso, marcado por los dobleces de la meditación y el miedo, que Gálvez le había mostrado en una absurda embriaguez de desafío y con el cual, sin duda, continuaría jugando, sin prudencia, con una desesperada irresponsabilidad que amenaza imponer el fin del mundo en cualquier momento caprichoso.

Tal vez ya fuera tarde. Claro que podía ser empleada la violencia y él, Larsen, garantizaba, era obvio, su buen éxito. Pero acaso aquel papel verdoso, con dibujos circulares en los márgenes, con un número lleno de coincidencias, con la innegable, rápida, encogida firma de Petrus en su parte inferior derecha, no fuera el único título falsificado que andaba rodando por donde no debía.

En este caso la violencia sería inútil y contraproducente, señor.

Jeremías Petrus había escuchado con los ojos cerrados o había cerrado los ojos en algún momento preciso del relato, un momento que Larsen lamentaba desconocer. Seguía inmóvil contra la almohada, no era nada más que aquella cabeza disminuida, que se exhibía impúdica. El tórax de niño, las piernas raquíticas, y hasta las mismas manos hechas de alambre y papeles viejos, se aplanaban sin bulto bajo las mantas. Nada más que la cabeza ciega e indiferente, la máscara preparada para un susto sobre la almohada. El viento no quería acercarse; limpiaba el cielo encima del río, se estiraba y volvía con un tesón maniático, con un rumor explicativo, con la voluntad de prescindir de los árboles y sus hojas.

—Eso es lo que hay —dijo al fin Larsen, irritado—. A lo mejor no tiene importancia, me equivoqué. Pero Gálvez asegura que el título es falsificado y que puede meterlo en la cárcel cualquier día que se despierte con dolor al hígado. Véalo. Yo trabajando en la Gerencia, en un problema de metalización, y el tipo ese mostrándome como un perdonavidas aquella cartulina verde ajada. No le di importancia, le mostré no creerle. Pero tuve que alquilar una lancha de pescadores para verlo a usted en seguida y avisarle.

Petrus parpadeó y repitió "sí, señor" con los ojos cerrados. Después miró a Larsen, demostrando comprender, informándole que era innecesario descubrir los dientes y arrugar trabajosa y metódicamente la cara para formar una sonrisa. Pero Larsen supo que la cabeza impasible estaba sonriendo y que aquella invisible pero indudable sonrisa era ávida, burlona, y lo estaba incluyendo a él mismo junto con Gálvez, el título, el peligro, la Sociedad Anónima, y el destino de los hombres.

Ahora tenía los ojos abiertos, dos estrechas y acuosas

claridades bajo las cejas retintas. Explicó sin entusiasmo que uno de los títulos había sido robado desde el principio mismo de aquella pequeña aventura de falsificación, tan sin importancia y tan necesaria si se la relacionaba con la aventura que él prefería llamar empresa y titular Jeremías Petrus, S. A. La presentación del título falso al juzgado, concedió con fatiga, podría significar un entorpecimiento, mucho más lamentable ahora, cuando sólo días o semanas los estaban separando de la victoria o del acto justiciero. Sólo faltaba un título, sólo ése significaba un peligro. Larsen cubría fielmente la retaguardia y aquella urgencia, aquel viaje en una lancha de pescadores a través de la tormenta que llenaba el río, evidenciaban con exceso su compenetración con los problemas y riesgos de la empresa. Era necesario que el título no llegara al juzgado de Santa María y todo medio sería bueno y recompensado.

Había vuelto a cerrar los ojos y era evidente que lo estaba echando y que no le importaba de veras que el título falso llegara o no al juzgado. Se divertía ahora de esta manera y continuaría divirtiéndose de la otra. Desde muchos años atrás había dejado de creer en las ganancias del juego; creería, hasta la muerte, violento y jubiloso, en el juego, en la mentira acordada, en el olvido.

Un poco rabioso por la envidia, apocado por una confusa admiración, Larsen caminó en puntas de pie hasta rescatar de la chimenea de estuco el sombrero deformado por la lluvia. Con dos dedos lo encajó en el ángulo habitual y, siempre de puntillas, fue de regreso hasta la cama y miró bien, de arriba. abajo, erguido, las manos en los bolsillos.

Casi perpendicular a las mantas, la máscara blanca y amarilla, calva, cejinegra, parecía dormir; la boca fina y vencida estaba apretada sin esfuerzo. "Quedan pocos como éste. Quiere que lo liquide a Gálvez, a la mujer preñada, a los perros mellizos. Y él sabe que para nada. Voy a despedirme; si despierta y mira, lo escupo."

Sin doblar las rodillas, se inclinó hasta besar la frente de Petrus. La cara siguió quieta, entregada y a salvo, recóndita, amarilla. Larsen se enderezó y estuvo moviendo un dedo contra el ala del sombrero. Balanceándose y sin ruidos cruzó la salita oscura, llegó a la puerta y la abrió; en la habitación del fondo del corredor, el hombre y la mujer que habían pasado conversando un rato antes discutían ahora furiosos, con la sordina del viento, de las maderas y la distancia.

SANTA MARÍA - III

SI TOMAMOS en cuenta las opiniones y pronósticos de quienes conocieron personalmente a Larsen y creen saber de él, todo indica que después de la entrevista con Petrus buscó y obtuvo el medio más rápido para volver al astillero.

Necesitaba ahora —o simplemente había elegido aceptar esta necesidad con todo el escaso, intermitente entusiasmo que le quedaba— conseguir el título falso y ofrecerlo con sencillez, vagamente ambicioso y lleno de curiosidad, como si cumpliera un sacrificio que no tuviese como fin el logro de ninguna ventaja, sino, complicadamente, la obtención de algunas revelaciones.

Pero aunque la razón y los testimonios nos convenzan de que la única preocupación de Larsen aquella noche fue la de llegar lo antes posible al astillero para impedir cualquier maniobra del enemigo que acababa de inventarse y planear sobre el terreno la operación de rescate que le habían encomendado, también es cierto que ahora, en este momento de la historia, nadie tiene prisa o no importa la que se tenga.

En consecuencia, Larsen tuvo que entrepararse bajo la llovizna y el viento, después de cruzar en diagonal la plaza, para descubrir, con asombro, con fastidio y una indominable excitación, que el hecho de que el astillero hubiera llegado a convertirse en un mundo completo, infinitamente aislado e independiente, no excluía la existencia del otro mundo, éste que pisaba ahora y donde él mismo había residido alguna vez. Dobló a la izquierda y se puso a caminar velozmente, paralelo al río, suponiendo que reconocía esquinas y fachadas húmedas

117

y la luz peculiar de cada espaciado farol balanceándose en la llovizna decreciente.

Había bajado hacia el río después de dejar atrás el cubo sombrío y brillante de la Aduana y andaba por el camino de Enduro; ya no llovía y el viento empezaba a entrar en la ciudad a saltos, conquistando una línea de manzanas tras otra. "Si tenía que volver, por qué en una noche como ésta y por qué me corro hacia la parte más sucia y miserable." Iba con una mano metida entre las solapas del sobretodo, la cabeza torcida para que el viento no le robara el sombrero, sintiendo el agua en los calcetines a cada paso sonoro.

Ya se olía pescado muerto cuando descubrió la luz amarilla del cafetín, y, media cuadra después, la música, el balanceo rápido del vals en la guitarra. Abrió la puerta y manoteó para cerrarla, a sus espaldas, mientras miraba el humo, las cabezas oscuras, la pobreza, el fugaz consuelo, el rencor indolente, la cara siempre asombrosa del pasado. Caminó hacia el mostrador con un medido aire de desafío, escondiendo su emoción hasta que lograra entenderla.

—¿No se saluda a los amigos? Barreiro, ¿se acuerda?

Al otro lado del estaño el hombre joven sonreía, cerrada hasta el cuello la sucia chaqueta blanca, sin afeitar, cansado y animoso.

—Barreiro, como no —dijo Larsen, sin saber con quién hablaba, tendiendo la mano, golpeando la del otro antes de apretarla. Hablaron del tiempo y pidió una caña. Falsamente apoyado en el mostrador, vuelto a medias hacia el salón, Larsen filió con calma, incurioso, fácil de complacer, a quienes habían sido, en este otro mundo, durante un tiempo muerto y sepultado, sus pares. El de la guitarra abría las piernas en el centro del salón, sonriendo incansable bajo el bigote escaso, afinando ahora en el silencio expectante y sin respeto que le

118

armaban los demás, acurrucados por el peso, las alharacas del viento. Reconoció la expresión adormecida y ga-
tillada de los mestizos, peones de quintas o estanzuelas
atraídos a Enduro por cualquier otra fantasía industrial
del viejo Petrus. Las mujeres eran pocas, raídas, chillo-
nas y baratas. El de la guitarra blanqueó los ojos y empezó otro vals. En el rincón que formaban la cortina
metálica y unos carteles de madera y latas puestos de espaldas, un interminable gancho de hierro, y una saliva-
dera repleta de materias secas e indefinibles y un gato
negro dormido, un hombre y una mujer se apretaban
las manos encima de la mesa.

—Ahora otra vez vuelven a decir que la fábrica cierra
—dijo Barreiro—. Pero nunca se sabe por qué. Pesca hay
y sobra. Son esos líos que uno no entiende; y menos los
degraciados que se hicieron la ilusión de que iban a en-
riquecerse con salarios de veinte y treinta pesos. El que
sabe es el que está arriba; cuando cierra gana y cuando
abre también. Aunque no parezca. ¿Volvió para quedarse? No es por curiosear.

—Está bien. De paso, nada más. Tengo algunos negocios por el norte de la provincia.

—Negocios —repitió Barreiro, sin animarse a sonreír.

Larsen miraba las mesas e iba repasando letras de
tango, despreocupado de los que maltrataban la guitarra y alargaban el gesto, los silencios y lo que había de
humano en los rostros agolpados sobre los vasos. Se es-
tremeció de frío y aceptó otra caña. El hombre de la
mesa del rincón inclinaba la cabeza, los anchos hombros, la blusa a cuadros, el pañuelo negro al cuello con
el nudo ladeado y visible. La mujer tenía el pelo grasiento peinado sobre los ojos y la mueca repetida de la negativa era ya una segunda cara, una máscara móvil permanente de la que sólo se despojaba, tal vez, en el sueño. Y
todo lo que podía desenterrar y reconstruir la experien-

cia de Larsen, ayudada por antiguas intuiciones que habían demostrado ser ciertas, no bastaba a convencerlo de que abajo de los torpes signos de ternura, rechazo, modestia y patético narcisismo, rezumados como un brillo por los temblores de la piel, estaba, realmente, la cara primera de la mujer, la que le habían dado, no hecho y ayudado a hacer.

"Nunca nadie la vio, esa cara, si es que la tiene. Porque puede usarla y mostrarla desnuda sólo en la soledad y si no hay por los alrededores un espejo o un vidrio sucio que pueda alcanzar de reojo o bizqueando. Y lo más malo es que ella —y no pienso sólo en ella—, si por un milagro o una sorpresa o una traición se pudiera mirar la cara que se dedicó a cubrir desde los trece años, no podría quererla y ni siquiera reconocerla. Pero ésta, por lo menos, va a tener el privilegio de morir más o menos joven, antes en todo caso de que las arrugas le formen otra máscara definitiva, más difícil de apartar que ésta. Entonces, sosegada la cara, limpia de la triste, movediza preocupación de vivir, tal vez tenga la suerte de que dos viejas la desnuden, la comenten, la laven y la vistan. Y no será imposible que alguno de los que entren a tomar caña en el rancho le sacuda envarado y por compromiso una ramita mojada encima de la frente y observe la extraña forma de cristal que van revelando las gotitas, por no más de un minuto, con la ayuda caprichosa de las velas. Entonces, si sucede, alguno le habrá visto por fin la cara y ella no habrá vivido inútilmente, puede decirse."

El hombre de la camiseta a cuadros hacía avanzar la persuasión y el ruego hacia la máscara ondulante. Afuera y arriba el viento golpeaba, ajeno a los hombres escondidos en sus cubículos, apretándose estentóreo contra los plantíos, los árboles, las lustrosas ancas nocturnas de las reses. El de la guitarra volvió a preludiar y se alzó a medias para agradecer una copa que le habían hecho servir. Barreiro vio la mirada de Larsen.

—Quién la imagina —dijo, con un poco de orgullo y otro de fastidio—. Es capaz de pasarse regateando hasta la mañana. *Norteña*, le dicen; tal vez venga de por donde anda usted ahora. Es dura en el oficio. Pero aparte, no crea, gran amiga.

El viento giraba arremolinado y por juego sobre el techo del cafetín, las rectas calles de barro, el edificio de la fábrica de conservas; pero ya enroscaba su mayor violencia encima de la Colonia, de los trigales de invierno, del tren lechero que corría tartamudeante por la planicie negra al otro lado de la ciudad.

—¿Cuándo tengo lancha para arriba? —preguntó Larsen, volviéndose hacia el mostrador, buscando en los bolsillos como si tuviera ganas de pagar.

—No es nada, hágame el favor —dijo Barreiro—. Las de la carrera no empiezan hasta las seis. Pero a lo mejor sale alguna de carga y lo quieren llevar.

El hombre había apoyado en el respaldo de la silla la poderosa espalda cuadriculada; ajustado el precio, la mujer dejó de agitar la cara y se limitó a cubrirla con una sonrisa de malicioso reproche, de saboreo de secretos felices, que podría mantener sin esfuerzo durante el camino y hasta el alba. Para festejar, el hombre pidió dos copas.

Así que el mundo, éste, el que continuaba siendo el mundo de los demás, no había cambiado, no sufría de su deserción. Irresponsable, tranquilizado, Larsen saludó al hombre que decía llamarse Barreiro y cruzó el salón, imitando por delicadeza el balanceo, el aburrido desdén con que había pisoteado tantos pisos mugrientos de cafetines durante su larga, remotísima residencia en este otro planeta.

El primer aviso creíble lo tuvo Larsen acurrucado en la lancha, cabizbajo, alargando el puño que sujetaba el boleto hacia indecisas olas que alzaba y mantenía vibrantes la proa. Un sol recién nacido ensayaba su apática, rasante claridad. "Una mañanita; linda, fresca mañanita de invierno", pensó para esquivarse. Después, porque no hay coraje sin olvido: "Esta luz de invierno en un día sin viento y metido en ella, mientras ella desinteresada y fría me está rodeando y me mira. Yo haré porque sí, tan indiferente como el resplandor blanco que me está alumbrando, el acto número uno, el número dos y el tres, y así hasta que tenga que detenerme, por conformidad o cansancio, y admitir que algo incomprensible, tal vez útil para otro ha sido cumplido por mi mediación."

Una milla después bostezó y fue alzando voluntarioso el sombrero negro y protector; inspeccionó los cuerpos soñolientos y estremecidos que lo acompañaban en el banco en forma de herradura de la lancha, parpadeó y puso el ardor de sus ojos al día que acababa de empezar, ciego, incontenible, el mismo día que había resbalado su luz sobre el estupor de lomos gigantes y escamosos, y volvería a deslizarla, con la misma imprevista precisión, encima de rebaños de otras bestias nacidas de una nueva ausencia del hombre.

Entonces —la lancha viró para acercarse cabeceando al atracadero carcomido que llamaban "del Portugués"— Larsen se resolvió, como quien prueba palpando un dolor, a dar entrada a la vanguardia del miedo, a la apostasía, a la parte más próxima del terror, debilitada, soportable, porque se embotó en el asedio, porque estuvo contagiándose de la calidad. humana. Entonces pensó: "Este cuerpo; las piernas, los brazos, el sexo, las tripas, lo que me permite la amistad con la gente y las cosas; la cabeza que soy yo y por eso no existe para mí; pero está el hueco del tórax, que ya no es un hueco, relleno con restos, virutas, limaduras, polvo, el desecho de todo lo que me importó, todo lo que en el otro mundo permití que me hiciera feliz o desgraciado. Y tan a gusto, y siempre listo para empezar, si me hubiera dejado quedar allí o hubiese podido."

E L S O L, apenas enrojecido ahora, estaba ya muy arriba del río. Era la hora en que se despertaba el doctor Díaz Grey y tanteaba buscando el primer cigarrillo, con los ojos cerrados para salvar lo que fuera posible de las imágenes del sueño recién muerto y fortalecer sin imposiciones lo que tuvieran de nostalgia y dulzura. Una madre, una amiga desvanecida, una sonrisa que se había inclinado sobre su almohada —o la blancura efímera de cualquier adiós— sobre la cara más suya, más pura, un poco más joven que imaginaba tener dormido.

Encendió el cigarrillo y entornó los ojos en la penumbra; trataba de adivinar el calor y la temperatura del día en que acababa de ser depositado. Pensó en visitas a enfermos, en visitas de enfermo, en lo bueno y lo malo de la soledad, en la conversación de anoche con Larsen, en la hija de Petrus. Sólo la había visto, de cerca, dos veces.

Durante años los Petrus estuvieron viviendo en Santa María, en Puerto Astillero y en cualquier ciudad de Europa, sin quedarse más que algunos meses en ningún lugar. Aunque las ausencias del viejo Petrus fueron siempre más cortas que las del resto de cada grupo familiar transportado. Y, en realidad, él no hacía otra cosa que acompañar a la esposa y a la hija, una gobernanta, una cuñada o hermana, instalarlas en la seguridad y la comodidad, dejar minuciosamente planeadas sus vidas por un tiempo a fin de poder olvidarlas sin remordimiento y con una gozosa, pregustada resolución. Pudo ser visto: pequeño y seco, rápido y preciso, con las duras patillas entonces negras y los sombreros redondos y los trajes cerrados y rabones de aquella posguerra, de una

125

moda que parecía inventada para su tipo de complicada y austera dignidad. De aquella moda todavía se encontraban sorprendentes rémoras en las ropas que se encargaba ahora. Más que como marido y padre, como un empleado, un mayordomo, un consejero de la familia que sólo buscara como recompensa la sensación armoniosa de su propia eficiencia, indiferente a que se lo agradecieran o no, desprecupado de que la mujer (la hija no había nacido o no contaba) y la infaltable pariente renovada en cada viaje, pero siempre la misma, coincidieran con él en conceptos de confort, prestigio, salud y belleza panorámica.

Empeñado en obtener aquellos pequeños triunfos de organización no tanto para satisfacer su vanidad, que tal vez nunca necesitó ser alimentada desde el exterior, sino porque debía considerar su logro como un suave, desenmohecedor ejercicio de sus potencias en los períodos en que, forzosamente, los negocios no podían ser otra cosa que aprensiones y fantasías. Aquellos pequeños, útiles, desdeñables triunfos obtenidos con y contra horarios de trenes, folletos de turismo, mapas carreteros, cicerones y consejos amistosos.

Por fin, cuando la crisis del 30, la familia se aquietó en Puerto Astillero, definitivamente para la señora Petrus que terminó enterrada en el cementerio de la Colonia, después de un pleito verbal de veinticuatro horas: Petrus ambicionaba tener el cadáver, la gusanería, el esqueleto y las cenizas en su propio jardín, en una construcción de ladrillo mármol y hierro, pequeña, de techo a dos aguas, que Ferrari, el contructor, planeó con la celeridad requerida y hasta cobró en parte. Y después de un juramento ante dolientes, un sacerdote y los enterradores, una promesa cuyos hiperbólicos dramatismo y violencia provenían, casi sin dudas, de la derrota sufrida al enfrentar funcionarios y ordenanzas municipales, aceptó el entierro en el cementerio de la Colonia. Hubo, además, un telegrama enviado al gobernador, tres líneas tan imperiosas que merecían ser firmadas "Yo, Petrus", y que no obtuvo más respuesta que una carta de pésame donde las lamentaciones trataban de restar valor a la negativa, y que, por otra parte, llegó cuando la lluvia había caído durante una semana sobre la tumba de la señora Petrus en la Colonia. (Murió en invierno; Angélica Inés fue capaz de no olvidarlo.)

Después de un juramento pronunciado en alemán que excluía, en la hora de la prueba, a los escasos indígenas que engrosaban el cortejo de enlutados y embarrados: "Prometo ante Dios que tu Cuerpo descansará en la Patria." Las mayúsculas corresponden a los énfasis. Un gesto difícil de entender. Porque todos los testimonios hacen de Petrus un hombre ajeno al melodramático, erguido, descubierto que alzó un brazo encima del agujero fangoso e hizo sonar las voces bárbaras y guturales que componían el juramento nunca cumplido. Nuevamente encogido, aceptó el puñado de tierra que le ofrecieron y lo dejó caer exactamente sobre las tres letras enlazadas de la cinta violeta que envolvía el ataúd.

Antes, en la casa del duelo, no más de una hora después de la muerte, Ferrari, el constructor, moviendo obsequioso los lápices sobre la cartulina blanca, desesperado por el afán de entender y ser fiel, calculó la ganancia, los precios del mármol y del hierro forjado, los salarios de albañiles y marmolistas, el costo del acarreo. Pero, también, un poco estremecido por aquel gozo y aquella angustia del artista que lucha por hacer e interpretar. El otro, Petrus, el viudo, yendo y viniendo detrás de las espaldas de Ferrari, empecinado, repetidor, detallista inconformable.

Y tal vez también haya sido definitiva para Petrus y la hija la resolución de quedarse a vivir en la casa de Puerto Astillero. Le agregaron habitaciones, trajeron estatuas para el jardín y durante semanas las lanchas estuvieron ganando fletes con cajones de muebles, de vajilla y de adornos.

Pero hubo, antes de que afincaran en la casa elevada sobre pilares de mampostería, destinados a defenderla de una creciente del río que hasta hoy no se produjo con la intensidad temida, la tentativa de Petrus de comprar el palacio de Latorre, hoy en una isla, próxima al puerto de Santa María. Deben ser dignas de recordación y deformaciones las entrevistas del viejo Petrus con los descendientes del héroe, gordos, blandos, degenerados. Aduló, intrigó, soportó y, según parece, llegó a ofrecer el dinero suficiente como para lograr un principio de acuerdo. Habría tenido entonces como residencia —en la isla que deben respetar, rodeándola a distancia, las embarcaciones que entran y salen de la bahía— el palacio de paredes rosadas y eternamente húmedas, con cien ventanas enrejadas, con su torre circular que es seguro fue algún día audaz y difícil de creer.

Tal vez esto, Petrus en la isla, hubiera modificado su historia y la nuestra; tal vez el destino, impresionable como las multitudes por formas y grandezas, hubiera decidido ayudarlo, hubiera aceptado la necesidad estética o armónica de asegurar el futuro de la leyenda: Jeremías Petrus, emperador de Santa María, Enduro y Astillero, nuestro amo, velando por nosotros, nuestras necesidades y nuestra paga desde el cilindro de la torre del palacio. Es posible que Petrus ordenara rematarla con un faro; o nos habría bastado, para embellecer y avivar nuestra sumisión, contemplar desde el paseo de la rambla, en las noches de buen tiempo, las ventanas iluminadas, confundibles con las estrellas, detrás de las cuales Jeremías Petrus velaba gobernándonos. Pero justamente cuando los nietos del prócer, después de conocer, divertidos o asqueados, la capacidad de Petrus para desear, envolver, olvidar desprecios, regatear y exponer al final de cada entrevista, con su voz pastosa y suave, con su cara de otro siglo, la síntesis implacable de lo que había sido discutido y despreocupadamente aceptado, sacudieron lánguidos las cabezas para decir que sí, se resolvió, a espaldas del destino, declarar monumento histórico el palacio de Latorre, comprarlo para la nación y dar un sueldo a un profesor suplente de historia nacional para que lo habitara e hiciera llegar informes regulares sobre goteras, yuyos amenazantes y la relación entre las mareas y la solidez de los cimientos. El profesor se llamaba, aunque por ahora no importa, Aránzuru. Decían que fue abogado y ya no lo era.

Díaz Grey sólo había visto de cerca dos veces a la hija de Petrus. La primera cuando, después que se instalaron en la casa de Puerto Astillero y antes de que muriera la madre, la chica —tendría entonces cinco años— se clavó un anzuelo en una pierna. Es seguro que de encontrarse Petrus en la casa la hubiera llevado en su automóvil hasta la Clínica Médica de la Colonia, atravesando Santa María, prefiriendo que la criatura perdiera sangre, olvidado de que había una chapa de médico frente a la plaza nueva y sordo a toda tentativa de recordárselo. Pero el viejo, es decir, el Petrus de entonces, el mismo de ahora pero con las patillas negras y más rígidas, debía estar haciendo cálculos en la Capital, entre reuniones de futuros y probables accionistas, o andaría por Europa comprando máquinas y contratando técnicos. De modo que fue la madre o la tía de turno la que tuvo que afrontar la situación y cada una de las posibilidades que ésta prometía: la muerte, la renguera, la furia vindicativa de Petrus. "Y pensar, doctor, que el padre prohibió siempre que pisara el muelle de los pescadores." El viejo llamaba muelle a lo que sólo era entonces un tinglado encima de una pared de barro (aunque ya habían empezado a remontar el río los grandes cubos de piedra). Y lo más probable es que haya escrito muelle cuando garrapateó con lápiz el primer boceto de plano; o pensado muelle cuando se acercó a la orilla con cara de desprecio para examinar el lugar y comprarlo. Y en cuanto a los pescadores, no había entonces más que Poetters, que después fue dueño del Belgrano y que en aquel tiempo vivía solitario en un rancho cerca de la costa, por una apuesta o una pelea con su padre o por las dos cosas usadas como pretexto.

La chica, la sirvientita y el perro no tenían mejor distracción en la siesta que rodear la inmovilidad de Poetters y fortalecer sus esperanzas de pesca con distintas ansiedades. Poetters hizo girar la plomada, oyó el extraño grito que tenía más de aviso que de dolor y apenas se inclinó —sabiendo que no se animaría a hacerlo— sobre la pierna de la niña. Mandó a la sirvientita a avisar a la casa, cortó la línea junto al anzuelo y desapareció con la caña, la lata de cebos y toda la primitiva complicación de ramas en caballete, plomos, alambres y corchos.

La encontraron sin llanto, inmóvil, consolada por la temerosa lengua del perro. Ni la madre ni la tía de turno, ni ningún miembro del regimiento de sirvientas, jardineros y seres de oficios confusos que surgieron de la casa en construcción (terminada hacía dos años, mejorándose siempre), ni ningún soldado del otro regimiento, de más débil *esprit de corps*, formado por los albañiles, o tal vez ya también carpinteros, que estaban levantando el edificio del astillero y almorzaban en aquel momento entre formas geométricas y vagas, hechas de vigas y de ladrillos, se animó a tironear del anzuelo clavado en el muslo, hacia atrás y cerca de la nalga.

Cuando superó el terror del círculo de caras que aproximaron alternativamente su miedo y su consejo,

Angélica Inés volvió a sonreír, descansó, nuevamente en su misterio, robusta y quemada por el sol, parpadeando con los grandes, claros ojos incuriosos, balanceando en la tarde sin viento las trenzas duras y firmes como sogas. Un resto de agua de los primeros auxilios secándose y luminosa en la luz de la siesta, imaginó Díaz Grey; el fino garabato de la sangre interminable y rojísima; invulnerable e invulnerada en realidad; hecha suya, cosa de su cuerpo y de su paz, la semiancla plateada del anzuelo.

Entre exhortaciones y profecías, consciente de su responsabilidad, ensayando el temblor que habría de sacudir ante las cejas retintas y unidas de Petrus, ante su explosión de maldiciones o su silencio, la madre o la tía confió en Dios y eligió. Ligaron la pierna con un pañuelo de seda y la madre y la tía, con el capataz de la obra del astillero al volante, llevaron la chica en auto hasta Santa María, por el largo, indeciso camino de tierra.

Díaz Grey, recién instalado, insensible al prestigio creciente del nombre Petrus que le repitieron como un don, como un sésamo y una amenaza, soportó aquella forma extranjera de la histeria con que le llenaron el consultorio y que algunos pocos meses futuros de práctica en la Colonia transformarían para él en la histeria normal, infaltable y previsible.

La niña en la camilla, abierta con franqueza su cara redonda hacia el techo, plácida, digiriendo el anzuelo. La una y la otra, mal vestidas, con grandes zapatos sin tacos, con grandes pechos y cabelleras hermosas y fuertes, como animales de raza, ignorantes de sí mismas y aceptando del mundo sólo la minúscula porción que les importaba, alternaban las graves voces de tragedia, las explicaciones y las notas asordadas del llanto dominado, con los silenciosos retrocesos que las apartaban de la camilla hasta golpear las paredes con las anchas espaldas, las grupas redondas. Allí jadeaban, prescindentes, juzgadoras, para volver a la carga un momento después. Y el gringo capataz que se había negado con una corta sacudida de cabeza a quedarse en la salita de espera, apoyado contra la puerta, sin hablar, sudando exaltado su lealtad.

Díaz Grey anestesió, hizo un tajo, ofreció a la madre, o a la tía, la ese del anzuelo como recuerdo. Con los grises ojos de vidrio dirigidos al suave resplandor en el tedugo, sin pausas, sin detención posible, porque mucho dejó pinchar, cortar y envolver con gasas. No dijo una palabra; y la redonda cara rubia oscurecida sólo expresaba, encima de las apretadas trenzas curvas en la camilla, la costumbre, nunca decepcionante, de esperar el acto ajeno o la propia sensación que habría de suceder fatalmente a las anteriores, una hija de la otra y su verdugo sin pausas, sin detención posible, porque mucho antes de yacer por primera vez en la camilla ella había ignorado, y para siempre, la muerte.

La segunda vez —ya entonces estaba Díaz Grey enterado sin intimidación de lo que significaba el apellido Petrus— no era ahora precisamente un recuerdo. O era que el momento vivido estaba olvidado, irrecuperable, y lo sustituía —inmóvil, puntual, caprichosamente coloreado— el recuerdo de una lámina que el médico no había visto nunca y que nadie nunca había pintado. La inverosimilitud, la sensación de que la escena había ocurrido, o fue registrada, cien años atrás, provenía, inseguramente, de la suavidad y los ocres de la luz que la alumbraba.

El viejo Petrus estaba de pie en el centro, erguido, dejando que sus patillas pasaran del gris al blanco, no sonriente, pero mostrando ex profeso y con paciencia que era capaz de sonreír, llenos de fría atención y de juventud intacta los ojos, sosteniendo con la mano izquierda y contra el chaleco el habano que acababa de encender y cuyo aroma era tan inseparable de la lámina como los planos geométricos, de amarillos variables, que la iluminaban.

Un niño hubiera podido recortar la figura del viejo Petrus y pegarla en un cuaderno: todos creerían entonces que el viejo había estado posando para un retrato, solo, sin otros elementos que el respaldo curvado del sillón de madera en que fingía apoyarse con la mano derecha y el fondo de platos verticales en las paredes y jarros para cerveza en la chimenea. A la derecha de Petrus, sentada y tejiendo, introduciendo apenas en la luz una punta de cofia, la redondez de una mejilla, y las grandes rodillas vigorosas, estaba la madre o una tía. Díaz Grey había olvidado la fecha en que Petrus enviudó. A la izquierda de Petrus y al fondo, dos mujeres oscuras, con caras hipócritas y excitadas, rodeaban el sillón enorme e incómodo donde Angélica Inés, sin esperar nada, sonreía sudorosa con las piernas envueltas en un quillango, alzada sin desafío y vacilante la excesiva mandíbula cuadrada. A espaldas de Petrus lamía en silencio el fuego de la chimenea. Era una tarde inmóvil y tibia de otoño, también en la lámina.

La muchacha, andaría por los quince años, se había desmayado durante el almuerzo porque descubrió un gusano en una pera. Ahora se hamacaba hacia los costados en el sillón, alzada y misteriosa la ancha cara apacible, babeando un poco, con un bigote de sudor, más gruesas en este año las trenzas, incapaces ya de alzar sus puntas.

Petrus le dijo de pronto a Díaz Grey que el mismo auto que había ido a buscarlo a Santa María estaba a sus órdenes para llevarlo. En la escalinata, tomándolo de un brazo —sin amistad ni presión, por encima del jardín dormido, de simetría un poco confusa, de verdes retintos y abundantes, que empezaban entonces a poblarse de estatuas blancas—, Petrus se detuvo para mirar la tarde y el edificio del astillero, con orgullo imparcial, como si él hubiera hecho ambas cosas.

—Le haré llegar sus honorarios, doctor —y Díaz Grey supo que no le pagaba en aquel momento por delicadeza hacia él y por separar de una idea de dinero la salud de su hija; y que la promesa también se hacía para que Díaz Grey no olvidara que su tiempo y su inteligencia eran cosas que Petrus podía contratar—. La hija, doctor, es perfectamente normal. Podría mostrarle diagnósticos que firman los primeros médicos de Europa. Profesores.

—No es necesario —dijo Díaz Grey, apartándose suavemente de la mano en su brazo—. Vine a examinarla por ese pequeño accidente. Y ese pequeño accidente nada tiene de anormal.

—Así es —asintió Petrus—. Normal, perfectamente normal, para usted, doctor y para toda la ciudad. Para todo el mundo.

Díaz Grey acarició al perro que le olía los zapatos y bajó un escalón.

—Claro —dijo, volviéndose—. No sólo en Europa los médicos cumplen una ceremonia de juramento cuando se reciben. Y no sólo los profesores.

Apartando de su pecho el habano, Petrus se inclinó con gravedad. Las piernas unidas.

—Le haré llegar sus honorarios, doctor —repitió.

Éstas fueron las dos veces. Hubo otras en que la vio de lejos, a la salida de misa en Santa María o cuando la muchacha, grande como una mujer madura a partir de la tarde del gusano y el desmayo, caminaba algunas cuadras por la ciudad, haciendo compras, acompañada al principio por una tía y después por Josefina, la sirvienta, puesta a su servicio desde la instalación definitiva en

Puerto Astillero.

Vista así, de lejos, la muchacha parecía confirmar todos los diagnósticos coleccionados por el viejo Petrus. Era alta, redonda, pechuda, con grandes nalgas que las amplias polleras acampanadas y oscuras, usadas durante años, no lograban disimular a satisfacción de la parienta solterona que había cortado e impuesto los moldes. Tenía la piel muy blanca y los brillantes ojos grises no parecían capaces de mirar hacia los lados sin la ayuda del cuello lento y grueso; siempre usaba trenzas, levantadas alrededor de la cabeza en los últimos tiempos.

Alguno contó que la muchacha tenía ataques de risa sin motivo y difíciles de cortar. Pero Díaz Grey nunca la había oído reír. De manera que, de todo lo que podía mostrarle o confesarle el pesado cuerpo de la muchacha atravesando reducidos paisajes de la ciudad a remolque de parientes, de alguna rara amiga o de la sirvienta, lo único que atraía su adormecida curiosidad profesional era la marcha lenta, esforzada, falsamente ostentosa.

Nunca pudo saber con certeza qué recuerdo removía Angélica Inés andando. Los pies avanzaban con prudencia, sin levantarse del suelo antes de haberse afirmado por completo, un poco torcidas sus puntas hacia delante o solo dando la impresión de que se torcían. El cuerpo estaba siempre erguido, inclinado en dirección a la huella del paso anterior, aumentando así la redondez de los pechos y del vientre. Como si anduviera siempre pisando calles cuesta abajo y acomodara el cuerpo para descender con dignidad, sin carreras, había pensado Díaz Grey en un principio. Pero no era exactamente esto o había algo más. Hasta que un mediodía descubrió la palabra procesional y creyó que lo acercaba a la verdad. Era un paso procesional o lo fue desde entonces; era como si la muchacha fuese avanzando su apenas mecida pesadez, estorbaba doblemente por la impuesta lentitud de un desfile religioso y por los kilos de un símbolo invisible que transportara, cruz, cirio o el asta de un palio.

EL ASTILLERO - V

Desde el embarcadero, rabioso contra el frío, resuelto a no pensar en otra cosa, Larsen fue directamente al edificio.

La mañana estaba limpia, gris y azul, y su luz aplacada miraba inmóvil, atenta, libre de impaciencia. Los charcos horadados en el barro eran todavía transparentes y espejeaban cubiertos por la helada; al fondo, lejanos y escasos, los árboles de las quintas negreaban humedecidos. Larsen se detuvo, trató de comprender el sentido del paisaje, escuchó el silencio. "Es el miedo." Pero ya no le preocupaba; era como el dolor suave, conocido y compañero de una enfermedad crónica, de la que uno en realidad no va a morir, porque ya sólo es posible morir con ella.

Volvió la cabeza para mirar el río sucio y quieto y después hizo sonar con exceso las llaves, el llavero que le deformaba el bolsillo de la cadera, la ridícula, infantil abundancia de llaves que simbolizaban importancia, dominio y posesión. Fue abriendo las puertas, eligiendo la llave justa con sólo una mirada, torciendo la muñeca con el movimiento preciso; la puerta de entrada, de hierro, difícil de mover, casi convincente, la puerta de la escalera que llevaba a las oficinas de las distintas gerencias y después, ya arriba, en la desolación mugrienta y helada, la puerta de su despacho. Las puertas sin vidrios o sin maderas, de cerraduras falseadas, que no resistían un golpe indolente o la presión de un viento repentino, y que Gálvez, regocijado y tenaz, mostrando a la nada los dientes, lograba cerrar cada anochecer y abría cada mañana.

Estaba ahora en la Gerencia General, sentado frente a su escritorio, apoyando en la pared los hombros y el respaldo del sillón de espinazo flexible, descansando, no de la mala noche ni de lo que había hecho en ella, sino de las cosas, de los actos aún desconocidos que empezaría a cometer, uno tras otro, sin pasión, como sólo prestando el cuerpo. Con las manos en la nuca y el sombrero negro caído sobre un ojo, enumeraba las pequeñas tareas que había cumplido durante aquel invierno, como para convencer a un indiferente testigo, de que la desguarnecida habitación podía confundirse con el despacho de un Gerente General de una empresa millonaria y viva. Las bisagras y las letras en la puerta, los cartones en las ventanas, los remiendos del linóleo, el orden alfabético en el archivo, la desnudez desempolvada del escritorio, los infalibles timbres para llamar al personal. Y, aparte de lo visible y demostrable, aunque no menos necesarias, las horas de trabajo y ávida meditación que había pasado en la oficina, su mantenida voluntad de suponer un centenar fantasma de obreros y empleados.

Y también podría usar, pensaba, en aquella justificación ociosa, sin destino, lo que en apariencia la desmentía: los atardeceres en que un camión atracaba en los fondos, la lenta, profesionalmente apática y desconfiada pareja de hombres que se acercaba al centro del baldío, entre el edificio de la oficina y el hangar, frente a la casilla de los Gálvez, hasta reunirse con éste y Kunz que los esperaba, y a veces también con él mismo que asistía a la entrevista y presenciaba el metódico regateo con una emperrada expresión de censura y desprecio, como si fuera un juez y no un cómplice.

Se saludaban, cuatro o cinco manos alzadas hasta la sien, y el grupo se movía sobre el fango del terreno hasta llegar a la puerta del hangar y hundirse silencioso en su sombra. Los visitantes elegían sin entusiasmo y sin que nadie los incitara. Kunz arrastraba hasta la luz cenital que caía del techo roto la cosa que no había sido pedida sino apenas nombrada con un tono interrogante y despectivo. Los hombres del camión daban uno o dos pasos para mirarla, fruncían la cara y se mostraban, uno al otro, casi enternecidos, ahorrando palabras, los estragos de la herrumbre, los detalles anacrónicos, las diferencias existentes entre lo que andaban buscando y lo que les era ofrecido.

Sentado en cualquier montón de ferretería, Gálvez los escuchaba con los dientes al aire y cabeceando. Cuando los hombres simulaban agotar su infinita lista de reparos, Kunz se apoyaba con una mano en la cosa y explicaba sus virtudes, la calidad de su acero, sus ventajas técnicas y por qué convenía a las necesidades de los visitantes y a cualquier necesidad o interés de este mundo. Siempre en segundo plano, un metro fuera del círculo que tenía a la cosa como centro, Larsen miraba la cara impasible de Kunz, que iba haciendo sonar su voz extranjera y monótona, que iba extendiendo las mentiras en el aire estático y grisado del galpón, como si mencionara aburrido características obvias, como si dictara una clase en una escuela industrial, sin otro interés, otra esperanza que hacerse entender. Terminada su exposición, cerraba en despedida la mano con que había estado apoyándose en la cosa y se apartaba de ella, del círculo y del negocio. Había en seguida un silencio que a veces turbaban los perros o el viento; los hombres del camión se miraban sin hablar, cambiaban sonrisas apiadadas y movían las cabezas negando.

Llegaba entonces el momento de Gálvez y todos lo sabían aunque no quisieran mirarlo. Gálvez aceptaba ser dueño del silencio y lo dejaba extenderse. Los dos hombres en *overall* a un metro de la cosa, tan inmóviles como ella, tan rígidos; Kunz apoyado en una de las estanterías de las paredes, invisible, separado de la escena por años y kilómetros; tal vez Larsen, indolente y ensombrerado, con el grueso sobretodo negro, con el tic de la boca convertido en desdén y paciencia. Sin que nadie hiciera un movimiento, la cosa dejaba de ser el centro del círculo y era sustituida por la calva y la sonrisa de Gálvez. Hablaba por fin, agazapado:

—Digan primero si les interesa o no. Así como está, tan inservible como estuvieron diciendo. Pidieron una perforadora y ahí la tienen. No es una virgen, pero tampoco muerde. En el inventario, con depreciación y todo, se llama cinco mil seiscientos. Digan sí o no, que tenemos mucho que hacer. Digan cuánto. Aunque sea para divertirnos.

Alguno de los hombres hablaba y el otro asentía. Desnudos los largos dientes, como si fueran su cara o por lo menos la única parte de ella que expresaba algo y podía entenderse, Gálvez esperaba la cifra que revoloteaba siempre al final de una frase tartamuda y caía con pesadez, con tono definitivo. Hacía entonces la concesión de dejar oír su risa, daba su último precio aumentado en el veinte por ciento de lo que estaba resuelto a cobrar, y esperaba indiferente que los monólogos de los compradores elevaran entre quejas y pálidos insultos la oferta inicial hasta el límite pensado. En esta etapa los visitantes hablaban sin mirarse ni mirar nada más que la cosa, como si el regateo se hiciera entre ellos.

Cuando llegaban por fin al precio, Gálvez se incorporaba con un talonario de recibos y una lapicera y se acercaba bostezando a los brillos sucios de la cosa bajo la luz del agujero en el techo.

—Nunca discuto. Plata en mano. El acarreo por cuenta del comprador.

Repartían después los billetes entre los tres y no volvían a hablar del asunto. Esto sucedía una o dos veces por mes. Pero él, Larsen, no se había complicado nunca en los robos a Petrus o a la Sociedad Anónima; sólo había recibido su parte, había observado silencioso y con odio a la pareja de compradores mientras se cumplía el invariable rito del chalaneo, negándose siempre a dar una mano para que cargaran en el camión lo que acababan de comprar.

Cuando oyó que llegaban, a las nueve, en la fría mañana de buen tiempo, se quitó el sombrero y el sobretodo, esperó a que hicieran ruidos y se sosegaran, y los llamó con los timbrazos inconfundibles. Primero a nadie y después a nadie; primero al Gerente Técnico y después al Gerente Administrativo. Les explicó, sin invitarlos a sentarse, con premeditada lentitud, exagerando las miradas, los entusiasmos y los silencios, que Petrus estaba en Santa María, que el juez había levantado la intervención en el astillero y que los anunciados o presentidos días de poderío y triunfo acababan de empezar. Supo que no le creían y no le importó, o tal vez buscara eso. Cerca del mediodía bajó hasta el galpón con una visible carpeta en las manos y robó un amperímetro. Saludó al volver a la mujer de Gálvez que juntaba ramas para el fuego alrededor de la casilla y que se irguió para sonreírle, con su abrigo de hombre, con su barriga que amenazaba reventar en el aire tenso y azul del final de la mañana. Poetters, el patrón del Belgrano, tenía un amigo interesado en amperímetros. Larsen cobró cuatrocientos pesos y dejó doscientos para saldar deudas. Almorzó allí y estuvo proyectando sobre el pocillo de café una visita a la quinta de Petrus, una entrevista al anochecer con Angélica Inés, primero en la glorieta y después en la casa que no había pisado nunca, una incursión que terminaría en compromiso de casamiento, bendecido por el viejo Petrus, que ya habría llegado, antes de la noche, por lancha o en automóvil.

Pero ella, Angélica Inés, no le dio tiempo; porque cuando Larsen, a las cuatro o a las cinco, examinaba en la Gerencia un informe manchado de humedad y escrito a máquina, firmado por un anterior, no identificable Gerente General que proponía la venta de todos los bienes de la S. A. para armar con lo que sobrara una flotilla de lanchas pesqueras, el Gerente Técnico, Kunz, golpeó suavemente la puerta y fue entrando con una sonrisa de aprensión y anticipada nostalgia, apenas, lo inevitable, burlona.

—Perdone. Hay una señorita que quiere verlo. Y no importa que usted diga que sí o que no, porque lo va a encontrar de todos modos. Gálvez trata de demorarla, pero no creo. ¿La hago pasar o la dejo que atropelle?

Kunz estaba de pie junto al escritorio, con la sonrisa ahora solamente nostálgica rodeada por los puntos plateados de la barba, cuando la puerta se abrió de un golpe y la mujer se detuvo, ya dentro de la oficina, para respirar, y dejar oír su risa, que recién empezaba y terminó en seguida.

Esta parte de la historia se escribe por lealtad a un fantasma. No hay pruebas de que sea cierta y todo lo que podemos pensar indica que es improbable. Pero Kunz aseguró haber visto y oído. La sirvienta sólo admitió, muchos meses después, que "la señorita estaba un poco desarreglada". Kunz volvió a su mesa de trabajo después de cerrar la puerta de la Gerencia General, dejando a la muchacha encerrada con Larsen. Guiñó un ojo a Gálvez que estaba apoyado con los codos en dos o tres libracos de contabilidad que había acarreado desde el mueble metálico hasta el escritorio, sin abrirlos, y miraba por algún agujero el cielo azul. Kunz se sentó y se puso a examinar su álbum de estampillas.

No tuvieron tiempo de hacer muchas cosas, contaba. Antes de los gritos se oyó la voz de Larsen, ensayando a la defensiva un monólogo persuasivo y dolido; aunque hablaba en un tono bajo y era evidente que trataba de imponerlo, no parecía estar conversando sólo con la muchacha: era fácil imaginárselo de pie, con cinco puntas de dedos tocando el escritorio, con una expresión sufrida, con una inagotable capacidad de tolerancia, enumerando a una docena de Gálvez y de Kunz los beneficios que distribuye la paciencia, las compensaciones que han sido reservadas a quienes saben confiar y esperar. El viejo Petrus en alguna de las asambleas de tenedores de acciones, reunidos con engaño, bostezantes, dispuestos a pagar cualquier precio en firmas si los dejaban en libertad, pensó Kunz.

Pero Larsen necesitó respirar o elegir argumentos que la muchacha fuera capaz de comprender. Entonces llegó un silencio de la Gerencia General y dentro de él no hubo más que el ruidito, o Kunz imaginó oírlo, de Gálvez comiéndose las uñas, y el ruido que no era más que una remota, atemperada y aguda vibración del atardecer de invierno sobre el río y los campos. Después empezaron los gritos, de uno y de otro, de ella que estuvo gritando como si cantara, con una voz extrañamente pura, de Larsen que repetía:

—Le juro por lo más sagrado.

De ella, reapareciendo como un motivo en el griterío, como un plateado pez que saltara para dar una voltereta en el aire, Kunz oyó, o ha jurado oír:

—Con esa sucia. Esa mujer sucia.

Después ella gritó, ya contra la puerta y abriéndola.

—No me toque. Mire.

Y es seguro que Larsen sólo había querido retenerla o ganar por ternura la escaramuza. O cubrirla. Porque en seguida, en la versión incomparable de Kunz y que eliminaba a Gálvez como testigo porque éste, absurdamente, "estuvo todo el tiempo mirando la rotura de la ventana y mordiéndose las uñas, sin mostrar que oyera y se enterara", la muchacha, Angélica Inés, salió de la Gerencia General, a buen paso pero sin correr, y fue atravesando, erguida y echada hacia atrás, golpeando con un hombro el muro descascarado, la infinita extensión de la sala que poblaban muebles escasos y dos hombres encogidos, que jalonaban las líneas rectas de menos mugre donde se habían apoyado metros de tabiques hoy convertidos en humo.

"Cruzó toda la ruina, sin verla, como no la había mirado al llegar. Siempre la disfrazaban de chiquilina, la madre, la tía, la costumbre; esa tarde estaba disfrazada de mujer, con un largo vestido negro que transparentaba la ropa interior, enagua o lo que fuere, con zapatos de taco altísimos, que tal vez le prestaron o acababa de estrenar y que es seguro terminaron de torcerse en el camino de la vuelta. Porque vino, vinieron a pie desde la quinta al astillero. Unos zapatos que, para cualquiera que no la hubiera visto caminar sin tacones, imponían aquella extraña manera de andar, de gorda, de mujer encinta que busca equilibrarse. Pero lo que importa, lo que estuve demorando y demoraría un poquito más si supiera hacerlo sin aburrir, es que llevaba caída, no arrancada pero colgando, la pechera del vestido. Déjeme. Taconeando insegura sobre un parquet podrido, sobre manchas, planos azules, cartas comerciales, manchas de lluvia y tiempo. Cruzando el corrompido aire de invierno con la clara cabeza trenzada que se alzaba sin desafío, nada más que ignorante, con el brillo suave y deslumbrado de una sonrisa, sin vernos, sin oler el olor de ratas y fracaso. Y detrás de ella, manoteando un poco en la puerta de su oficina pero sin coraje para mostrarse, mudo por el miedo de que el gallego y yo lo oyéramos, un truhán, un hombre sucio, viejo, gordo y enloquecido. Todo esto, entienda, y tantas otras cosas que sería

144

largo. Por eso demoraba. Pero es inútil o casi, explicar al que no estuvo y no vio y no sabe quiénes eran ella y él, qué era el astillero y hasta quién soy yo, hijo del país pero con títulos europeos revalidados, viviendo entonces allí y de aquella manera. Imagine si puede, entonces, y esto es fácil, una mujer joven y fuerte que pasa rápida pero no corriendo por el costado de una oficina interminable y casi vacía, metiendo en el aire el más estupendo par de pechos que hubo nunca. Y la pechera del vestido no se la había arrancado el pobre diablo de Larsen, sino que ella misma la desprendió sin descoser un botón ni romper el tul. Y cuando terminé de mover la cabeza porque ella había llegado al hueco de la escalera, ahí estaba la sirvienta esperándola con un abrigo que le puso, empinándose, sobre los hombros; y creo que la cacheteó como si la sirvienta la hubiera incitado, la hubiera vestido y traído y ahora, maternal y enemiga del escándalo, se la llevara del brazo apaciguada. Y la mujer, la sucia mujer de la que hablaba a gritos la muchacha, no podría ser otra, por todo lo que sé, ahora no importa decirlo, que la mujer de Gálvez, que andaría entonces por los nueve meses de embarazo, como en seguida se comprobó."

Ésta es, por lo menos en lo esencial, la versión de Kunz, repetida por él, sin alteraciones sospechosas, al Padre Favieri y al doctor Díaz Grey. Pero no cree en ella; esta incredulidad sólo está basada en su conocimiento de Angélica Inés, alcanzado algunos años después. Tampoco cree que Kunz —que tal vez esté vivo y tal vez lea este libro— haya mentido voluntariamente. Es posible que Kunz haya interpretado la visita de Angélica Inés al astillero como un acto de pura raíz sexual; es posible que su vida solitaria, la frecuentación cotidiana de la por entonces inaccesible mujer de Gálvez lo hayan predispuesto a este tipo de visiones; y es también posible que haya sido engañado, retrospectivamente, al ver a la sirvienta cubrir con el abrigo a la muchacha: que haya pensado entonces que la protegía de la vergüenza y no simplemente del frío.

LA CASILLA - V

Pero la indiscutida decadencia de Larsen era, a fin de cuentas, la decadencia de sus cualidades y no un cambio de éstas. Años atrás habría asediado con mayores energías, con mejor astucia, a las dos mujeres que nombraba, pensando, "la loquita" y "la preñada". Pero no hubiera hecho otra cosa. Tampoco un Larsen joven habría tratado de llegar hasta el viejo Petrus mientras le fuera imposible depositar en su escritorio o en sus manos el título falso que se había comprometido a rescatar. Y es seguro que el joven Larsen, que nadie podía ya suponer con exactitud, se habría limitado, como éste de ahora, a reconquistar y conservar tortuosamente un prestigio romántico e incorrecto en el jardín blanqueado de estatuas, en la glorieta que atravesaban despiadados el frío y los ladridos, en los silencios inquebrantables a que había regresado definitivamente. Y el mismo Larsen joven estaría, con más brillo y más espontáneo, con menos falsedad, e infinitamente menos repugnante, ayudando a la mujer del sobretodo, la mujer de Gálvez, la mujer de los redondos perros lanudos, a cargar agua, hacer fuego, limpiar la carne y pelar las papas.

Despejado por fin del ajustado sobretodo y del sombrero, no tan calvo si se considera, con un mechón gris arrastrado sobre la frente inclinada hacia el humo de las ollas, deslizando el cuchillo con lenta habilidad. Idénticos, en lo que importa, este Larsen que podría haber sido su hijo. Sólo que el Larsen joven aventajaba a éste en impaciencia, y el Larsen que se acuclillaba anecdótico en el rincón de la casilla que llamaban cocina superaba al otro en disimulo.

147

No fueron muchos los días. Ayudaba a cocinar, jugaba con los perros, partía leña, iba mostrando que sus grandes nalgas redondas habían elegido para siempre aquel sitio, el rincón de aire ahumado y tibio. Pelaba papas con tenacidad y daba consejos sobre condimentos. Miraba la barriga de la mujer para asegurarse de que el asco lo protegería de toda forma de entrega y debilidad. Nunca le decía a solas un piropo que no hubiera oído antes el marido. En aquella época se hizo alegre y conversador, amigo de la estupidez, blando y sentimental; se exhibió concluido, exagerador de su vejez.

No esperó mucho, como se dijo, aunque él, Larsen, estaba dispuesto a esperar un siglo, o, por lo menos, a no pensar que estaba esperando. Gordo pero ágil, servicial, destinado a enternecer; gastando sin avaricia, porque ya nunca volvería a necesitarla, toda la falsa, nauseabunda bondad de que se había ido impregnando sin dificultades, sin resistencia, a través de años de explotar y sufrir mujeres.

Esto era por el fin de julio, cuando uno ya se encuentra acostumbrado al invierno y sabe disfrutar de su suave excitación, de la manera misteriosa en que aísla y acrece las cosas y las personas. Todavía falta mucho para odiarlo, para que los primeros brotes invisibles nos llenen de impaciencia y vayan convirtiéndose en enemigos de la escarcha y las pesadas nubes corpóreas, en hijos desterrados y nostálgicos de una primavera interminable.

Casi siempre estaban solos por la noche, la mujer y Larsen, porque Gálvez, que ahora apenas sonreía, se iba de la casilla en seguida de comer o no comía allí. Sin la sonrisa, la cara parecía ajena y muerta, insoportable de desvergüenza; libre del reflejo de su máscara blanca, confesaba y lucía la soledad, el ensimismamiento, la obscena indiferencia. Algunas pocas noches Kunz se quedaba hasta tarde y molestaba el sueño de los perros tratando de enseñarles a caminar en dos patas; pero él era un cómplice ofrecido para cualquier cosa, de la que triunfara, de todos los actos aún no nacidos. El frío le escamaba la piel rojiza, y acentuaba su pronunciación extranjera.

Ya habían llegado, Larsen y la mujer, a conversar del título falso.

—A Gálvez no puedo pedírselo. Usted sabe, señora, y no lo digo por mal, no escucha razones. Es así. Cualquier día hace una locura y va y lo presenta. Entonces tal vez se haga el gusto, aunque no es seguro. Pero lo que me tiene nervioso es estar corriendo el riesgo. Lo presenta, un suponer, y al viejo Petrus lo meten preso. ¿Usted sabe lo que es la Junta de Acreedores? Un conglomerado, para decirlo en una palabra. No son quince o veinte personas; nada más que un conglomerado que por ahora nos deja vivir porque ya se olvidó de nosotros, del astillero, del mal negocio y la plata enterrada. Pero en cuanto el juez firme la orden de detención van a empezar a acordarse. No se van a conformar con decir: "Petrus nos metió en un mal asunto, paciencia, también él lo creía bueno y la verdad es que se jugó y mucho más que nosotros porque hoy está fundido." Van a decir: "Ese viejo ladrón y estafador. Nos estuvo robando todo el tiempo y ahora tiene unos cuantos millones en algún banco de Europa." Así es la naturaleza humana; se lo dice uno que algo conoce. ¿Y ahora qué pasa? Como si lo estuviera viendo, y también usted lo comprenderá y el amigo Kunz, se nos vienen arriba como perros y liquidan y tratan de sacar por lo menos un centavo de cada cien pesos que invirtieron. Y el que tenga menos que hacer de todos ellos, algún pariente desocupado, o cualquiera al que el médico le recomendó una invernada en el campo, baja una linda mañana de la lancha, nos refriega unos papeles por la cara, si es que quiere molestarse, y se acabó. Y van a ser muchas cosas las que se acaban. Y va a ser ese tipo el que caminará de tardecita hasta el hangar acompañando a los rusos para discutir precios, cobrar y verlos vaciar las estanterías en dos semanas. Porque entonces las ventas quincenales se van a transformar en la gran liquidación de fines de invierno. Y ahora piense: si Gálvez hace eso, todos nosotros nos tendremos que poner a juntar papeles. No estamos como grandes señores, pero vivimos. Hemos conocido tiempos mejores, sin comparación, claro. No hablemos de mí; pero a usted se le conoce a la primera mirada. Pero acá tiene un techo y dos veces por día comemos. Y en su estado. No permita Dios que le empiecen los dolores sin una casa, sin esta casilla miserable para perros, como usted con razón la llama. Y ésta va a ser la primera parte de la desgracia, la más importante si quiere, no discuto. Pero piense además que estamos justo en el momento en que la taba va a darse vuelta, en que el viejo Petrus va a conseguir los capitales para poner de nuevo en marcha el astillero. Y no sólo eso sino la ayuda del gobierno, debentures avaladas por la Nación para el astillero, el ferrocarril y todas las otras cosas que no tiene Petrus en la cabeza. Se lo puedo asegurar. En todo caso, considerando su estado, y mientras Gálvez siga con el título en el bolsillo, propongo aumentar el ritmo de las ventas y darle plata a usted para que vaya guardando. Al fin y al cabo la criatura es un inocente.

Ella decía que sí, pero no le importaba. La ferocidad de la desaparecida sonrisa de Gálvez parecía haberse refugiado en sus ojos, en la dulzura de las mejillas, en la avidez meditativa con que chupaba el cigarrillo mirando el brasero, las cabezas de los perros o el vacío.

—Usted no entiende —dijo una noche sonriendo a Larsen con una extraña lástima. Estaban solos, ella había tratado de arreglar un cable de la radio, se negó a que Larsen la ayudara—. Usted puede quererlo a Dios o maldecirlo, un ejemplo. Pero la voluntad de Dios se cumple y usted mira de qué manera: se va a enterar por lo que le pase de cuál era la voluntad de Dios. Lo mismo, ¿entiende?, es con él. Desde hace años, desde el principio. Puede mandar a la cárcel a Petrus, puede quemar el título. Lo importante es que yo no sé qué piensa hacer, qué cosa va a elegir. Nunca quise preguntarle y menos ahora, cuando hemos llegado a esto, a estar peor que nunca antes en la vida. Pero no lo digo por la pobreza sino porque ahora estamos acorralados. Cuando él decide algo yo me entero y entonces conozco lo que me va a pasar. Es así; yo sé además que tiene que ser así. Lo mismo sucedió con el hijo. Y hay otra cosa que usted no entiende: no lo entiende a él. Estoy segura de que no va a usar nunca ese título para meter en la cárcel a Petrus. Él creyó en Petrus, creyó que era su amigo y en todos los cuentos de riqueza que le hizo. Petrus le adelantó dinero, nos pagó los pasajes y nos invitó a comer, sin necesidad, cuando el viaje ya estaba decidido, y no a él solo sino a mí con él. Y cuando llegamos, también nosotros fuimos a vivir al Belgrano, esa cueva sucia que era un "hotel moderno donde viven muchos de los altos empleados de mi astillero". Y al día siguiente Gálvez fue a hacerse cargo de su puesto, la Gerencia Administrativa, usted sabe, que sigue ocupando hasta la fecha por sus propios méritos. Escuche: aquella mañana en el Belgrano estuvo consultándome qué corbata y camisa se pondría. Traje no, porque le quedaban dos y no había más remedio que elegir el liviano. Fue, mucho antes de la hora de entrada, y se encontró con esa pocilga, aunque no tan miserable como ahora, se encontró con que el personal, los cientos, o miles o millones de obreros y empleados que disfrutaban de ventajas aún no reconocidas por las leyes más avanzadas, se componían de ratas, chinches, pulgas, tal vez algún murciélago, y un gringo que se llamaba Kunz y había quedado por olvido en un rincón dibujando planos o jugando con sellos de correo. Y cuando volvió a mediodía al Belgrano sólo me dijo que la contabilidad estaba muy atrasada y que tendría que trabajar fuera de las horas de oficina. Pensé entonces, no que estaba loco, sino que su voluntad era suicidarse, o empezar a hacerlo, tan lentamente que hata hoy dura. Así no va a llevarle nunca el título al juez. No lo guarda para vengarse de Petrus; sólo para creer que algún día, cuando quiera, le será posible vengarse, para sentirse poderoso, capaz de más infamia que el otro.

Pero esto sucedía al principio del asedio, durante un corto tiempo después de la noche en que Larsen se entrevistó en Santa María con Díaz Grey, Petrus y Barrientos, y pisó el mundo perdido. Porque Gálvez continuaba pasando las noches lejos de la casilla y la insistencia de Larsen en convencer a la mujer de que robara el título y se lo diera, para la felicidad de todos, alcanzó muy pronto un tono erótico. Acodado en la mesa, ofreciendo una mano distraída a la lengua de los perros, la cabeza defendida del frío por el sombrero negro requintado, tragando con moderación un vino retinto y espeso, Larsen remedaba paciente e implacable, y hasta creía superar, antiguos y exitosos monólogos de seducción, renuncias generosas pero no definitivas, ofertas totales e inconcretas, ciertas amenazas que espantan a quien las formula.

La mujer se había hecho más silenciosa y enconada. No miraba a Gálvez cuando éste se levantaba después de la cena y se ponía sobre el *pullover* una tricota azul de marinero que su cuerpo no llegaba a estirar; no contestaba a su saludo ronco ni parecía oír los pasos que se alejaban sobre el barro aterido. Lavaba los platos guiñando los ojos al humo del cigarrillo que le colgaba de la boca y los iba pasando a Larsen para que los secara.

«Tan hermosa y tan concluida —pensaba Larsen—. Si se lavara, si le diera por peinarse. Pero con todo, aunque se pasara las tardes en un salón de belleza y la vistieran en París y yo tuviera diez o veinte años menos, no se puede calcular la necesidad, y a ella le diera por meterse conmigo, sería inútil. Está lista, quemada y seca como un campo después de un incendio de verano, más muerta que mi abuela y es imposible, apuesto, que no esté muerto también lo que lleva en la barriga.»

Después la mujer arrastraba la damajuana de vino y se sentaban apoyados en la mesa, sin mirarse; bebían sin prisa y fumaban; el viento chillaba alrededor de la casilla y entraba enfriándola, o la paz coagulada de la noche les permitía imaginar perros con el cuerpo tendido hacia la blancura quieta, lanchas que bordeaban por capricho resbalando en el río liso. También imaginaban las distancias que nacían y terminaban en la madera de la casilla, y esto aunque hubiera viento. Pero nunca, Larsen hubiera apostado, la mujer se inmovilizaba para recordar. Fumaba entre las solapas, la cabeza de pelo grasiento y colgante perfilada hacia la puerta. Estaba allí, simplemente, sin un pasado, con un feto avanzando contra las piernas que ya no podía cruzar. Hablaba poco, y era raro que contestara con algo más que una mueca, con algo más que un corto movimiento de la cabeza que quitaba sentido a las preguntas:

—Me parieron y aquí estoy.

Pero el encono, y aun el silencio, no parecían provocados por la miseria, por el parto inminente, por el hecho de que Gálvez pasara las noches en El Chamamé. No tenía motivos concretos. Tal vez ella no fuera ya una persona sino el recipiente de una curiosidad, de una espera. Tarareaba tangos y no podía asegurarse que escuchara siempre, no podía saberse si la sonrisa, o por lo menos la punta arqueada de la boca, se vinculaba con los lentos, dramáticos discursos de Larsen o con suposiciones sobre hechos futuros. "Como si una vieja costumbre de abandono e imbecilidad le hiciera creer que todo es posible, que todo puede suceder y ahora mismo, lo razonable y sus mil incalculables opuestos", improvisaba Larsen.

Pero tampoco esto era cierto, por lo menos no lo era del todo y no servía para definir y comprender, admitía Larsen. Entonces bebía un trago, con gran ímpetu al principio, al acercar el vaso a la boca, pero deteniendo en seguida el vino con la lengua que se agitaba remojándose, tomando al fin nada más que eso, un trago pequeño. Y volvía a la carga, con su voz más dolorida y urgente, pero con un tono agregado que subyacía para indicar que estaba resuelto a seguir esperando una noche y otra, hasta que ella llegara a comprender y cediera.

Ya no nombraba el título; inventaba ahora alusiones sutiles, se refería al objeto de su deseo como si se tratara de una libidinosamente adorada porción del cuerpo de la mujer, como si la suplicada entrega del título significara, y no sólo en símbolo, la entrega de todo lo que ella había sido capacitada para dar.

Una noche y otra, temeroso siempre al empezar, tranquilizándose después porque ella hacía ostensible su paciencia, porque ella le permitía creer que su silencio, que su oreja cubierta, pero no del todo por el pelo, y el discutible extremo de sonrisa, no eran otra cosa que los elementos con que armaba una turbia, apaciguada coquetería. Y alguna noche Larsen estuvo seguro de que la palabra título —o el documento o el papel ese—, pronunciada por error, había hecho que se ruborizara suavemente la mejilla que la mujer le presentaba, siempre la misma, la izquierda.

—Usted quiere que le robe el papel y se lo dé. Así se arregla todo, seguimos vendiendo máquinas y viviendo. Pero él, si se encontrara ahora sin el documento ése, se va a sentir más solo, más perdido que si yo me muriera. En el fondo, no me quiere a mí, quiere a esa cartulina verde que acomoda cada noche en el pecho antes de dormirse. No digo querer de veras. Pero en este tiempo la necesita más que a mí. Y yo no tengo celos de una cartulina ni del amor de él por la venganza.

Pero estaba, además, El Chamamé, aunque Larsen no utilizó nunca la existencia del antro para fortalecer la persuasión de sus monólogos.

Podría haber sido destinado, cuando lo construyeron, a guardar herramientas, aperos y bolsas, a proteger de la disipación ese olor a humo de leña, a gallinero y grasa envejecida, mucho más campesino que el de los árboles, las frutas y las bestias. Uno de esos galponcitos con una o dos paredes de ladrillos que parecen no haber sido nunca nuevas, alzadas por albañiles aficionados como un remedo de ruina. El resto, vigas, chapas y tablas acomodadas sin otra noción arquitectónica que la del prisma, sin otra ayuda que la paciencia. Como la tapera se encontraba aislada, haciendo esquina en un lote de barro, resultaba evidente que no era la construcción complementaria de ninguna vivienda.

El Chamamé estaba a unas cinco o seis cuadras del astillero, sobre el camino ancho por donde subían antes las tropas y que ahora, desde que trasladaron Puerto Tablada, se encontraba abandonado, sin un solo agujero de pezuña en el barro, sólo recorrido por algún jinete solitario o algún *sulky* bamboleante y quejumbroso viajando entre la costa y las chacras miserables. Alguno, casi siempre, que tenía que tomar la lancha hacia Santa

María, por razones de salud, por alguna enfermedad sin misterio situada más allá del poder de don Alves, el curandero. Nadie que fuera a comprar o a vender, nadie con dinero, nadie, siquiera, con ganas de gastarlo.

En el tiempo de los reseros, El Chamamé, todavía sin nombre y no necesitándolo, se componía de dos faroles, uno colgado sobre la puerta de entrada, que era la única y se cerraba con una cortina de arpillera, otro de una viga; de un mostrador hecho de tablones cóncavos soportados por caballetes; de una botella de caña y dos de ginebra, de un viejo aindiado y conversador, con un cabo de cuchillo —y tal vez no más que un cabo— asomado en la cintura, siempre en camisa y bombachas, con un talero molestándolo en la zurda, aunque era seguro que se había quedado de a pie muchos años atrás. Una pila de cueros en un rincón que apenas rozaba la luz.

Eso era todo, y alcanzaba. Cuando tuvo nombre —El Chamamé, y el subtítulo: "Grandes mejoras por cambio de dueño"— escrito en una tabla que clavaron torcida en un plátano enano que señalaba la esquina y pretendía establecer el límite entre vereda y camino, no hubo que agregarle mucho: algunas mesas, sillas y botellas, otro farol en el rincón donde el espacio de los cueros lo ocupaba ahora una tarima para los músicos. Y en un tirante vertical, otro cartel: "Prohibido el uso y porte de armas", grandilocuente, innecesario, expuesto allí como congraciadora adhesión a la autoridad, que era un milico con jinetas de cabo que ataba cada noche el caballo al arbolito de la esquina.

Ni siquiera hubo necesidad de disponer del viejo del mango de cuchillo en la cintura; éste no hizo más que trasladarse del mostrador a cualquier punta de mesa donde lo toleraran. Y ahí se estaba, móvil y charlatán, pero sin mayor significado que los objetos que él mismo había manejado antes del bautizo: los tablones, los faroles, las botellas. Astuto e insomne, desde la caída de la tarde hasta la madrugada, esperando, y sin equivocarse nunca, el momento oportuno para colocar el "esto me recuerda" y alguna de sus sobadas historias mentirosas. Compartiendo con el cabo el privilegio de emborracharse sin pagar, por lo menos no con dinero, y el de arrastrar contra el piso de tierra —prepotente y seguro uno, casi caricioso el otro— una lonja de rebenque.

No hubo que agregar nada más y en realidad lo único que en una discusión podría haber sido defendido como una mejora, aparte de la mayor riqueza en velocidades para emborracharse que ofrecía el estante, eran los músicos, la guitarra y el acordeón, y su natural consecuencia: las mesas contra dos paredes y los metros de polvo regado, libres para bailar.

No hubo que agregar nada más, porque el resto —es decir, El Chamamé mismo— lo traían cada noche los clientes. Iban llegando para armar El Chamamé, cargando, siendo cada uno, varón o hembra, una pieza del rompecabezas; hasta sus accidentales ausencias contribuían a formarlo; y hasta pagaban por el derecho de hacerlo.

Nunca pudo saberse de dónde sacaban el dinero; la Petrus S. A. había interrumpido el trabajo años antes y las chacras de la zona eran demasiado pobres para tener peones permanentes. Tal vez alguno de los hombres trabajara en el lanchaje, pero no podían ser más de dos o tres; Puerto Astillero era ahora sólo un lugar de escala, y de los de menor movimiento, en los recorridos de las lanchas. Las fábricas más próximas —las de conservas de pescado— estaban bastante al sur, entre Santa María y Enduro. Uno de los clientes era el mozo del Belgrano; otro, Machín, decía que era dueño de una lancha y la tenía alquilada en Enduro. Pero estaba todo el resto anónimo, doce o quince, dos docenas en las noches de sábado, y sus mujeres con ropas y pinturas increíbles, un hembraje indiferenciado, un conjunto movedizo de colores, perfumes y agujeros, con tacones altísimos o con alpargatas, con vestidos de baile o con batas manchadas por vómitos y orina de bebés.

Era absurdo hacer cálculos acerca de dónde sacaban el dinero —un peso el vaso chico y dos el grande de cualquier cosa aguada que les sirvieran—, porque tampoco podía nadie saber de dónde salían ellos mismos, los clientes, en qué cueva o qué árbol, o debajo de qué piedra iban a refugiarse desde el momento en que los músicos negaban otros bises y enfundaban, y hasta la hora de la noche próxima en que el viejo del cuchillo en la cintura se trepaba inseguro en una silla para encender el farol exterior que anunciaba sin alharacas al mundo la resurrección puntual de El Chamamé.

Larsen entró un sábado con Kunz y no pasó del mostrador. Estuvo examinando a las mujeres con una especie de aterrorizada fascinación y acaso pensó que un Dios probable tendría que sustituir el imaginado infierno general y llameante por pequeños infiernos individuales. A cada uno el suyo, según una divina justicia y los méritos hechos. Y acaso pensó que un Chamamé siempre en medianoche de sábado, sin pausa, sin músicos mortales que callaban en la madrugada para reclamar el bife a caballo, era el infierno que le tenían destinado desde el principio del tiempo, o que él se había ido ganando, según se mire.

De todos modos, no pudo aguantarlo, no aceptó la segunda copa y la prolongación de la visita que ofrecía Kunz, y se abstuvo de escupir sobre la ya polvorienta pista de baile —el viejo del cuchillo estaba de pie, torcido por el peso de la regadera llena de agua, haciendo señas a los músicos para que no repitieran el vals—, se guardó y fue engrosando el escupitajo hasta que estuvieron al aire libre, para que nadie tomara por provocación lo que no era nada más que asco y un poco de miedo indefinible.

* * *

Pero Gálvez iba, últimamente, todas las noches. Se tuteaba con el hombre flaco y melenudo que había ocupado detrás del mostrador el puesto del viejo y que atendía las mesas casi sin hablar, con una gran precisión de movimientos, mascando siempre una hoja de planta, arrastrando impasible a través del humo, los ruidos y los olores, una mirada clara y ausente, de odio adormecido.

Gálvez discutía, conservador y moderadamente cínico, acerca del porvenir inmediato del mundo, con el cabo de policía, que proclamaba haber conocido lugares mejores y se mostraba mucho más audaz en cuanto a sistema para reprimir la decadencia y la creciente confusión de valores. Acariciaba metódico a cualquier mujer sin dueño o con dueño amigo y se iba en cuanto concluía la música, casi siempre borracho. A veces, las raras madrugadas en que el cabo no se inventaba un servicio extraordinario y confidencial, volvían juntos hacia el astillero, gastando hasta la trama los temas favoritos, repitiendo frases viejas con renovada energía, mal montado el cabo en el caballo al paso, prendido Gálvez al cuero de un estribo para ayudarse.

Sólo en El Chamamé podía verse la enorme sonrisa brillante e inexpresiva, inmóvil, los anchos dientes que exponía como usándolos para respirar. Sin que ninguno de los dos lo supiera, la sonrisa se parecía a la mirada del patrón joven y melenudo, mascador de hojas de coca —"así no fumo ni tomo"— que le había confesado su resolución —pero no el objetivo— de extraer diez mil pesos, uno a uno y sin aceptar la existencia del tiempo, de aquellos fantasmas, aquella reducida población de cementerio que formaba la clientela de El Chamamé.

Por alguna razón ignorada, Larsen nunca hizo referencia a las veladas de Gálvez en El Chamamé durante todo el tiempo en que insinuó a la mujer —sin éxito— que robara el título falso o le dijera cómo podía ser robado.

LA GLORIETA - IV

LA CASILLA - VI

ENTRETANTO, desde el día del escándalo, Larsen visitó todas las tardes de seis a siete, y de cinco a siete los sábados y domingos, la glorieta de la quinta de Petrus.

No sabía si Petrus estaba o no en la casa, si ignoraba, por su parte, las entrevistas en la glorieta. De todos modos, la alta casa, las luces amarilleando calmosas y remotas en los tempranos anocheceres, significaban la presencia de Petrus. Y aunque a veces dudaba de la realidad del encuentro en el hotel de Santa María, nada era capaz de alterar su seguridad de que le había sido confiada la misión de rescatar el título, de que existían un pacto y una recompensa. No quería hacer preguntas sobre los viajes de Petrus, temeroso de que cada palabra aludiera a su fracaso o, por lo menos, a su demora. Y también, más oscuramente, averiguar hubiera significado dudar: de Petrus, de su propia capacidad para cumplir la promesa. Pero, sobre todo habría significado, abstractamente, la duda, lo único que en aquellos días le era imposible permitirse.

Josefina, la sirvienta, le abría sin demoras el portón, no contestaba a sus frases equilibradas entre la amistad y la galantería, y se adelantaba para guiarlo, sola o con el perro. Era, cada vez, y cada vez más descorazonador, como soñar un viejo sueño. Y ya, al final, como escuchar cada tarde el relato de un mismo sueño, dicho con idénticas palabras, por una voz interminable y obcecada.

La caminata por la larga calle arbolada, que no era ahora otra cosa que un esfuerzo físico y durante el cual

161

se cuidaba de pensar, como de meter un zapato en el agua parda de los baches; la campana, el portón y la breve espera en el crepúsculo desanimado; la mujer oscura y hostil; a veces el perro, pero, en todo caso, los ladridos imbéciles y metálicos; el jardín descuidado, el frío húmedo verdinegro, la blancura impenetrable de las estatuas; la lenta, lentísima peregrinación, como impedida por un endurecimiento del aire, hasta la glorieta, hasta la bienvenida nerviosa de la risa de la mujer; altas, elevándose poco a poco en el cielo, las luces amarillas, tan increíblemente apacibles, del piso superior de la casa. Después ella, el fatigoso, perpetuo misterio, la ineludible incitación de un sacramento.

Una tarde y otra; la última mirada de examen en el espejo del armario de la habitación de lo de Belgrano, la glorieta como un barco que lo llevara aguas abajo durante una hora, el doble los días de fiesta. Porque ella no hacía otra cosa que preguntar y oír, y sólo daba, en pago de las respuestas, su risa y su abstracción.

Era una mujer, sin duda, y era hermosa y arisca, y en algún lugar se estaba perfeccionando, detalle por detalle, un porvenir que le daría a él, Larsen, el privilegio de protegerla y pervertirla. Pero éste no era el tiempo de la esperanza sino el de la simple espera.

Arrugado de frío, evitando con un codo derrumbarse en la mesa de piedra, casi indiferente a que hubiera o no un Petrus gozando de su gloria en el piso alto de la casa, y envuelto por la luz cobriza y la presumible felicidad del aire caldeado, Larsen se imponía una voz grave y hablada. Al principio contaba respetuoso del orden, aceptando las reglas evidentes de la lógica y la comunicación. Comenzó por los amigos, los dieciocho años, alguna mujer, una tediosa estampa con esquina, billar, madreselvas y algunos toques genealógicos distribuidos con destreza.

Y como ella era nadie, como sólo podía dar en respuesta un sonido ronco y la boca entreabierta, embellecida por el resplandor de la salida, Larsen prescindió pronto del auditorio y se fue contando, tarde tras tarde, recuerdos que aún lograban interesarle. Se recitó con vehemencia episodios indudables y que conservaban una inmortal frescura porque ni siquiera ahora podía descubrir el móvil que le obligó a entreverarse en ellos.

Así que, en la sombra helada de las tardes, para nadie, para una espaciada, ronca risa histérica, para los insinuados pechos como lunas, fue diciendo su historia sin propósito, se contó para ganar tiempo. Con algunos cambios dictados por el pudor y la vanidad, le fue posible hablar y mentir acerca de todo; ella no entendía.

Entonces, inmediatamente, llegó el veintidós de agosto, una fecha que nada prometía ni amenazaba y que supo guardar su secreto hasta el final. El día empezó con algunas nubes pero antes de mediodía recuperó la claridad, la fijeza que lo emparentaba con los días anteriores, regidos por una luna redonda y tardía. Se extendió, inflexible, frío, sin viento, sobre el agua, el astillero y las siembras de invierno.

Un día como todos, aunque después Larsen estuvo recordando presentimientos que no había tenido, signos indudables que le fueron mostrados con insistencia y él no supo ver.

Dejó la Gerencia a las seis, fue a lo de Belgrano para hacerse la segunda afeitada y llegó puntualmente a los portones de Petrus a las siete de la tarde. La muchacha había soñado con caballos, o fraguó un sueño con caballos. En los últimos tiempos los sueños de Angélica Inés, las síntesis, las frases que ella murmuraba de improviso con sus voz blanda y deslumbrada, eran recogidas por Larsen como desafíos, como temas impuestos. Seguro de su riqueza, sin otra preocupación que la de elegir la historia adecuada, oía sonriendo y paciente las pistas confusas que daba la muchacha.

Esta vez era "y ese caballo que me lamía para despertarme y anunciarme un peligro antes de morir". Él esperó el silencio y quiso hablar después de su cariño por el caballo y por muchas otras cosas que habían existido en el mundo pasado y muerto. Por primera vez sintió que fracasaba. Era una historia de amor y tuvo que ceder su papel de héroe; quiso desvanecerse en la sombra de la glorieta y forzar a vivir, ni para él ni para ella, una tarde soleada hecha con minutos de muchas. Habló de su amor desinteresado por un caballo que cambiaba de pelo y de nombre, un animal invencible aunque la traición lo venciera, unas patas, un encuentro, una cabeza, un coraje que habían sido una sola vez y para siempre, el más alto orgullo de una raza extinguida. Siempre es difícil hablar del amor y es imposible explicarlo; y más si se trata de un amor que nunca conoció el que escucha o lee, y mucho más si sólo queda, en el narrador, la memoria de los simples hechos que lo formaron.

Una tarde con sol de invierno, un circo, una multitud, un frenesí de tres minutos. Acaso él haya podido ver algo; los caballos corriendo como para toda la eternidad, sin apariencia de esfuerzo, diminutos y remotos; la muchedumbre que pasaba de la profecía a la exigencia; los amigos afónicos, la patente de lealtad del montón de boletos en el bolsillo que valían ahora lo que habían costado. No supo si ella pudo distinguir y comprender; no quiso rebajarse a traducir ciertas palabras: tribuna, *placé*, recta, encierro, cincuenta y nueve, dividendo, acción contenida. Pero supo, en todo caso, que no había hecho más que aludir tortuosamente a su amor por un caballo, o dos o.tres, a su amor por la vida, a su amor por el recuerdo de haber amado la vida. Terminó de hablar a las ocho, dobló la cabeza en la puerta de la glorieta para dar y recibir el beso seco y cerrado.

Volvió a tener conciencia del invierno y la vejez, de la necesidad de una compensación de dureza y locura. Rehízo el camino al astillero, fue esquivando a pasitos las depresiones fangosas del baldío, se dejó guiar al fin por el resplandor amarillento de la casilla. Subió las tres tablas y entró en el abrigo sin ver a la mujer. Los perros se acercaron a olerle el frío; los apartó a patadas, tratando de golpearles los hocicos, y fue a colocar la cara junto a la hoja del almanaque en la pared. Así despreocupado, supo que el sol se había puesto a las 18.26 y que la luna era llena y que estaba, él y todos los demás, en el día del Corazón Inmaculado de María.

La mujer vino desde la intemperie y no hizo sonar los zapatones hasta llegar a la mitad del piso. Él se volvió para mirarla y descubrirse. Tal vez el nombre de María, que estaba terminando de comprender, lo cambió todo; tal vez la transformación haya sido impuesta por la cara de la mujer, los ojos y la sonrisa bajo la polvorienta corona dentada del pelo rígido.

—Buenas noches —dijo Larsen con una lenta inclinación de cabeza—. Señora, —sintió el miedo como un frío agregado, como una manera distinta de sufrirlo—. Pasaba por acá y vine a verla. A enterarme. Puedo ir hasta lo de Belgrano y traer algo para la comida. O mucho mejor, me haría feliz que se animara, vamos al restaurante y comemos allí. La acompaño de vuelta, claro. Y por si viene Gálvez, podemos dejarle un mensaje, dos líneas. Habrá visto la luna; parece de día. Podemos caminar despacio para que no se canse. Póngase algo en la cabeza por el rocío.

La mujer no había cerrado la puerta y por encima de su peinado opaco, por encima de los ojos y la sonrisa, Larsen hablaba cortésmente con la blancura ganaba minutos que no habrían de servirle para nada.

165

No se trataba de un miedo que él hubiera podido explicar de buena fe a cualquier amigo recuperado, a cualquier hombre abatido y reconocible que surgiese de la muerte o del olvido. "Llega el momento en que algo sin importancia, sin sentido, nos obliga a despertar, y mirar las cosas tal como son." Era el miedo de la farsa, ahora emancipada, el miedo ante el primer aviso cierto de que el juego se había hecho independiente de él, de Petrus, de todos los que habían estado jugando seguros de que lo hacían por gusto y de que bastaba decir que no para que el juego cesara.

Ella estaba apoyada en la mesa, el cuerpo un poco agobiado, la cabeza alta. Los perros la rodeaban, saltaban sin entusiasmo hacia el sobretodo inflado por el vientre.

Larsen se veía a sí mismo, empequeñecido y enlutado, retrocediendo hacia la pared de tablas y el número negro del almanaque, sostenido el sombrero con las dos manos, conservando una cara bondadosa y distraída. Pensó que el único consuelo posible sólo podía ser extraído de la entrega y del ridículo.

—Una noche como ésta, señora. Muy fría y mañana todo afuera va a estar blanco de escarcha. Pero todos estábamos avisados de que íbamos a tener una noche de luna.

Suspiró moviendo la cabeza y rozó con la muñeca el bulto del revólver bajo el brazo antes de sacar el pañuelo y pasárselo por la frente.

—Una noche de luna.

Los perros estaban ahora echados y sólo alzaban los hocicos expectantes hacia el cuerpo de la mujer. Larsen volvió a mirarla, ella estaba como al principio, como si no lo hubiera oído ni visto. La sonrisa continuaba inmóvil, vacía y dolorosa, pero no podía ser soportada; los ojos habían perdido toda capacidad de burla, de acusación y de curiosidad. O sólo miraban con una curiosidad doble e impersonal: ella no era una persona sino el acto, la facultad de mirar; y lo mirado, Larsen, la habitación, la luz amarilla, el tenue vapor de los alimentos, no eran más que puntos de referencia, confirmaciones de una certidumbre.

"Ahora empieza" había estado pensando Larsen. Se inclinó nuevamente y dijo con una sonrisa casi triste:

—Ahora empieza.

Entonces ella contestó que sí con la cabeza y alzó una mano para pedirle que esperara. Hizo gemir la mesa al inclinarse y luego le escondió la cara con una sacudida.

Alguna música muy lejana llegaba en hilachas; atorado y forastero, un motor se acercaba por el Camino de las Tropas. Después ella se volvió lentamente, menos temible, con una mueca de niño y los ojos disminuidos por las lágrimas.

—Júreme que no me deja sola esta noche y le digo lo que quiere saber. Júreme que no me deja sola hasta que yo se lo pida.

—Sí —dijo Larsen y alzó los dedos.

Ella vaciló mirándolo con desaliento.

—Está bien. Si se lo pedí fue porque quería creerle.

Encorvada, buscó un banco y fue a sentarse. Desde el almanaque Larsen la veía de perfil, sudorosa en el frío, como escuchando y con miedo de oír, como concentrada en el sabor del labio que sujetaba con los dientes. Estaba fea, despeinada y amarilla; pero Larsen la sentía más temible que nunca, secreta, intangible.

"Lo que se la está comiendo esta noche —sea lo que fuere, la barriga o los celos o lo que esta luz de luna la hizo ver de repente— lo está haciendo con su permiso, con su aprobación. Y mientras la come la alimenta. Tal vez esa luz de afuera le hizo recordar que es una persona, y, más a mi favor, una mujer. Se dio cuenta de que está viviendo en una casilla de perro, ni siquiera sola, sino vista y estorbada por un hombre, un extraño, cualquiera, porque ya no la quiere. No, al revés, porque se trata de una mujer aunque no parezca; un hombre que es un extraño porque ella ya no lo quiere. A lo mejor salió afuera por una necesidad y miró sin querer hacia aquí, hacia las tablas y las chapas, hacia los tres peldaños sujetos con cadena. Todo nuevo y desconocido bajo la luna. Tuvo que medir su miseria y su edad, el tiempo perdido, el poco que le queda para malgastar.''

—Cuando yo le diga que se vaya —dijo la mujer— usted se va y no dice nada a nadie. Si se encuentra con Gálvez no le dice que estuvo conmigo.

Se limpió la cara con una manga y la alzó repentinamente tranquilizada. El brillo del sudor parecía rejuvenecerla. Los ojos y la sonrisa no contenían nada más que una oferta de complicidad.

—Todavía no —murmuró—. Ahora estoy segura. Pero no importa, igual voy a cumplir. Todavía debe quedar de aquel coñac. Gálvez llega siempre borracho pero aquí no toma nunca. Me respeta. Me respeta —la segunda vez silabeó con lentitud, buscando el sentido de las dos palabras. Después hizo una risita y miró hacia la noche—. Sería bueno cerrar la puerta. Déme un cigarrillo. El título ya no está aquí y creo que tampoco lo tiene Gálvez. La verdad, yo ya había resuelto robarlo para dárselo a usted; pero él, de golpe, enloqueció y se puso a querer el papel ese como si fuera una persona. Lo estuve viendo no querer otra cosa en el mundo. Una cartulina verde. Estoy segura de que no hubiera podido seguir viviendo sin ella.

Larsen le encendió el cigarrillo, taconeó trazando un laberinto para cerrar la puerta y buscar la botella; estaba debajo de la cama, destapada. Encontró un jarro de lata y lo trajo a la mesa; arrastró un cajón y fue doblando el cuerpo hasta quedar sentado. Puso el sombrero sobre las rodillas y encendió también un cigarrillo para él; no quería fumarlo sino verlo consumirse entre sus dedos, velando el brillo de las uñas limpias y engrasadas; no quería mirar a la mujer.

—Usted no toma, claro —se sirvió un chorro y compuso una expresión pensativa—. Así que el título no está. Y tampoco lo tiene Gálvez. ¿Kunz?

—¿Qué le puede importar al alemán? —continuaba agazapada pero su cara era divertida y serena—. Sucedió esta tarde y yo no pude hacer nada, suponiendo que hubiera algo que quisiera haber hecho. Gálvez vino a eso de las tres del astillero y estuvo un rato sentado, sin hablar, mirándome a escondidas. Le pregunté si necesitaba algo y me dijo que no con la cabeza. Estaba ahí en la cama, sentado. Me asusté porque era la primera vez en mucho tiempo que tenía aire de sentirse feliz. Me estaba mirando como un muchacho. Me cansé de preguntarle y salí afuera para lavar; estaba tendiendo cuando vino de atrás y me acarició la cara. Acababa de afeitarse y se había puesto una camisa limpia sin pedírmela. "Ahora todo se va a arreglar", dijo; pero yo supe que sólo pensaba en él. "¿Cómo?", le pregunté. No hizo más que reír y tocarme; parecía, de veras, que todo se hubiera arreglado para él. Me emocionó verlo contento; no volví a preguntarle nada, lo dejé acariciarme y besarme todo el tiempo que quiso. Tal vez se estuviera despidiendo, pero tampoco eso le pregunté. Al rato se fue, no para el astillero sino por el camino de atrás de los hangares. Me quedé mirándolo porque parecía mucho más joven. Por la velocidad y el entusiasmo con que caminaba. Y justo cuando estaba por desaparecer se detuvo y volvió. Lo esperé sin moverme y a medida que se acercaba fui sabiendo que no se había arrepentido. Me dijo que se iba a Santa María para entregar el título al juzgado, creo, y hacer la denuncia. Me lo dijo como si a mí me importara mucho, como si lo hiciera por mí, como si aquellas fueran las frases más hermosas que pudiera decirme y yo estuviera deseando oírlas. Después se fue de veras y yo continué tendiendo la ropa sin mirarlo caminar esta vez.

Larsen jugó a indignarse, a fingir interés.

—Raro que no lo haya visto o haya sabido. No debe haber tomado la lancha en Puerto Astillero. Si vino aquí a las tres y se estuvo demorando, no debe haber llegado a tiempo para hacer la denuncia. El juzgado cierra a las cinco. Y calculando una hora de viaje...

—Después de tender la ropa sentí dolores y entré para quedarme quieta en la cama y esperar. Pero antes de que dejara de dolerme me olvidé del dolor, porque se me ocurrió algo, de golpe, como si alguno lo hubiera dicho en voz alta aquí adentro. Salté de la cama y estuve buscando en el armario. Ya casi ni ropa queda sino pilas de recortes de diarios que él iba guardando porque hablan del astillero y del pleito. Encontré el porrón de melaza que usábamos para ir escondiendo algún dinero para cuando llegara el momento. Tiene el cuello muy largo y la boca muy chica. Era difícil sacar el dinero, pensábamos que uno de los dos tendría que romperlo cuando naciera el chico. Escarbé con una aguja de tejer; pero él había hecho lo mismo antes de irse. Ni siquiera tengo idea de cuánto habíamos llegado a juntar. Entonces comprendí que se había ido de verdad. No tenía ganas de llorar, no estaba furiosa ni triste, sólo sentía asombro. Ya le dije que cuando lo miraba irse me parecía mucho más joven. Después pensé que era mucho más joven que el día que lo conocí. Un Gálvez recién salido de la conscripción, anterior a mí, caminando, sacudiéndose por el caminito entre las ortigas. No vuelve más, es otro, no tiene nada que ver conmigo ni con usted. ¿Y qué piensa hacer ahora? Pero no puede hacer nada, tiene que esperar a que le dé permiso para irse.

Sonrió como si la prohibición y todo lo que había contado no fueran más que bromas, gracias inventadas sobre la marcha, buenas para retener a Larsen y coquetear con él.

—Es así, entonces —dijo Larsen—. Bueno, tengo que decirle que lo que hizo Gálvez significa el fin para todos nosotros. Y se le ocurre hacer esta locura cuando todo está a punto de arreglarse. Una verdadera lástima para todos, señora.

Pero ella estaba desinteresada y sorda en el banco, mirando con altivez la forma cuadrada de la noche blanca en el ventanuco.

"Tal vez no haya ido a Santa María; si se llevó el dinero es posible que lo encuentre borracho en El Chamamé. Voy y lo converso." Pero tampoco ahora podía sentir indignación o interés. De modo que se quedaron en silencio, quietos, Larsen bebiendo a traguitos del jarro de lata y mirando con disimulo a la mujer; y la mujer ahora con una cara burlona y maravillada, como si evocara el absurdo de un sueño reciente. Estuvieron así un largo tiempo, helándose, infinitamente separados. Ella tembló e hizo sonar los dientes.

—Ahora puede irse —dijo, mirando la ventana—. No lo echo; pero es inútil que se quede.

Larsen esperó a que ella se levantara. Entonces se puso de pie y depositó el sombrero sobre la mesa. Miraba al avanzar la gran comba del sobretodo, los ojales tirantes, el alfiler de gancho que cerraba el cuello. No tenía ganas de hacerlo; no podía descubrir un propósito que reemplazara las ganas. Miró la cara amarillenta y brillante, los ojos impávidos que ya lo habían juzgado. Apretó delicadamente su vientre contra el de la mujer y la besó sujetándola apenas por los hombros, rozando la tela áspera con las yemas de los dedos. Ella se dejó besar y abrió la boca; se mantuvo inmóvil y jadeante todo el tiempo que Larsen quiso. Después retrocedió hasta tocar la mesa y lentamente, ostensiblemente, alzó una mano y golpeó la mejilla y la oreja de Larsen. El golpe lo hizo más feliz que el beso, más capaz de esperanza y salvación.

—Señora —murmuró, y quedaron mirándose fatigados, con una leve alegría, con un pequeño odio cálido, como si fueran de veras un hombre y una mujer.

—Váyase —dijo ella. Había escondido las manos en los bolsillos del abrigo. Estaba tranquila, soñolienta, con mansedumbre y contento en los rincones de la boca.

Larsen recogió el sombrero y caminó hasta la puerta tratando de no hacer ruido.

—Usted y yo... —empezó ella.

Larsen la oyó reír con suavidad, escuchó los sonidos graves y perezosos. Aguardó el silencio y fue volviéndose, no para mirarla, sino para exhibir su propia cara nostálgica, una mueca que no reclamaba comprensión sino respeto.

—También hubo para nosotros un tiempo en que pudimos habernos conocido —dijo—. Y, siempre, como usted decía, un tiempo anterior a ése.

—Váyase —repitió la mujer.

Antes de pisar los tres escalones, antes de la luna y de una soledad más soportable, Larsen murmuró como una excusa:

—A todo el mundo le pasa.

EL ASTILLERO · VI

Ni en aquella noche ni en varias siguientes pudo Larsen encontrar a Gálvez. Se comprobó que no había hecho ninguna denuncia en el Tribunal de Santa María. No volvió a la casilla ni al astillero. En la gran sala aterida, sólo recibía a Larsen un Kunz monosilábico y apático, que tomaba mate mientras iba estirando con descuido antiguos planos azules de obras y maquinarias que nunca fueron construidas, o cambiaba de lugar las estampillas del álbum.

Kunz no se acercaba ya a la Gerencia General y Larsen no conseguía interesarse en el contenido de las carpetas. Sabía que se acercaba el fin, como puede saberlo un enfermo; reconocía todos los síntomas exteriores pero confiaba mucho más en el aviso que le daba su propio cuerpo, en el significado del aburrimiento y la abulia.

Aprovechaba con escepticismo las pocas energías matinales y lograba casi siempre distraerse unas horas, sin entender del todo, sin que esto le importara, con alguna historia de salvamento, de reparaciones, de deudas y pleitos. La luz gris y fría de la ventana iluminaba su resolución de mantenerse inclinado sobre aquellas historias de difuntos. Formaba las sílabas moviendo los labios, escuchaba el ruidito de la saliva en las comisuras.

Una o dos horas hasta el mediodía. Le era posible aún palmear la espalda de Kunz y seguirlo en el descenso por la escalera de hierro, disimulando, erguido y ancho, con una expresión pensativa pero en modo alguno derrotado.

Ahora cocinaba Kunz. Sin anunciarlo, sin haberse

puesto de acuerdo con la mujer, una mañana Kunz hizo el fuego y le quitó de las manos la verdura que ella estaba limpiando. Hablaban, los tres, del tiempo, de los perros, de las raras novedades, de lo que el tiempo hacía en favor y en contra de la pesca y las siembras.

Pero por las tardes le era imposible a Larsen doblarse encima de las carpetas y modular en silencio las palabras muertas. Por las tardes la soledad y el fracaso se hacían sólidos en el aire helado y Larsen se abandonaba al estupor. Había tenido una esperanza de interés, de salvación y ya la había perdido: odiar a Gálvez, encontrar un fin en el odio, en la resolución de venganza, en el cumplimiento de la serie de actos necesarios para el desquite.

Por las tardes, los cielos de invierno, cargados o desoladamente limpios, que entraban por la ventana rota podían mirar y envolver a un hombre viejo que había desistido de sí mismo, que prestaba indiferente su cabeza para que la habitaran y recorrieran recuerdos mezclados, rudimentos de ideas, imágenes de origen impersonal. De dos a seis el aire mordía una cara de viejo, malsana, colgante, boquiabierta, con el labio inferior estremecido por la respiración; se apoyaba grisáceo sobre el cráneo redondo, casi calvo, ensombrecía el mechón solitario aplastado en la ceja; exaltaba la nariz delgada y curva, triunfante de la decrepitud y la grasa de la cara. Isócrona, exangüe, la boca se estiraba hacia la base de la mejilla y volvía a empequeñecerse. Un viejo atónito, apenas babeante, con un pulgar enganchado en el chaleco, hamacando el cuerpo entre el asiento y el escritorio, como sacudido por un vehículo que lo arrastrara en fuga por caminos desparejos.

Y como todo tiene que cumplirse, algunos notaron que las lanchas que bajaban se iban despojando de los pequeños soles de las naranjas cosechadas al norte y en las islas; y otros, que la luz del mediodía entibiaba ahora las aguas de los bebederos y atraía a perros y gatos y a minúsculas moscas indecisas. Y otros notaron que algunos árboles persistían en hinchar yemas que la helada quemaría cada noche. Es posible que la carta haya tenido vinculación con aquellos misterios.

Era un jueves. Una lancha dejó la carta a la hora del almuerzo y Poetters, el patrón del Belgrano, la mandó al astillero con el mucamo. El muchacho estuvo apretando el timbre sin resultado y después subió hasta la gran sala del personal donde Kunz se aplicaba en copiar, en una vitela cuarteada, perfeccionándolo, un plano desvaído. Era el diseño, hecho diez años atrás, de una máquina perforadora que podía dar cien golpes por minuto. Kunz sabía que en el mundo remoto se vendían máquinas capaces de descargar quinientos golpes por minuto. Trabajaba siete horas diarias porque estaba seguro de que era capaz de mejorar el viejo proyecto que había descubierto mientras limpiaba un caño atascado. Estaba convencido de que, con algunas modificaciones, la perforadora podría, teóricamente, descargar ciento cincuenta golpes en sesenta segundos.

Recibió con hostilidad al mucamo y el sobre de la carta lo conmovió.

—Es para el señor Larsen —advirtió el muchacho.

—Ya leí —repuso Kunz—. Si estás esperando propina será mejor que vuelvas a fin de año. Si estás esperando otra cosa, yo no te la voy a dar.

El muchacho murmuró un suave insulto con su voz chillona y se fue. Kunz quedó inmóvil, en el centro de la enorme sala, saliendo lentamente del asombro y la incredulidad, mirando con respeto, con superstición, con remordimiento, el sobre ordinario escrito a máquina, la estampilla vinosa y torcida *Señor Gerente General de Petrus Sociedad Anónima. Puerto Astillero.*

Aturdido, sin animarse a creer, sintiéndose indigno

de esta creencia, arrimando el sobre a los ojos. Porque al principio, cuando Petrus lo autorizó a llamarse Gerente Técnico, aún llegaban algunas cartas, circulares y catálogos de distraídos fabricantes o importadores de maquinarias, oficios de bancos y oficinas de réditos que se mandaban de vuelta a la Capital, a la Junta de Acreedores. Pero aquellas últimas pruebas de que el astillero existía para el mundo, para alguien más que los fantasmas de gerentes que aún albergaba, cesaron a los pocos meses. Y así, arrastrado por el escepticismo universal, Kunz fue perdiendo la fe primera, y el gran edificio carcomido se transformó en el templo desertado de una religión extinta. Y las espaciadas profecías de resurrección recitadas por el viejo Petrus y las que distribuía regularmente Larsen, no lograron devolverle la gracia.

Ahora ahí estaba, después de tantos años, indudable y en su mano, una carta que el mundo exterior enviaba al astillero, como una prueba irrebatible que pusiera fin a una disputa teológica. Un milagro que anunciaba la presencia y la verdad de un Dios del que él, Kunz, había blasfemado.

Deseoso de encender la fe ajena y calentar junto a ella la propia, entró en la Gerencia General sin golpear la puerta. Vio al viejo, estupefacto balanceándose detrás del escritorio, las manos inútiles sobre el desorden de las carpetas, los ojos protuberantes y sin preguntas. Pero Kunz no reparó en nada; puso el sobre en el escritorio, al alcance de la mano de Larsen, y solo dijo, seguro de expresarlo todo:

—Fíjese. Una carta.

Larsen pasó de la nada a la soledad que ya no podía ser disminuida por los hombres ni por los hechos. Después sonrió y se puso a examinar el sobre. Hizo, en seguida, lo que Kunz había descuidado: examinó las letras del matasellos, fue leyendo en semicírculo el nombre de

Santa María. Pensó con despego en Petrus mientras cortaba cuidadoso el sobre. Kunz se había acercado por discreción al viento de la ventana y cargaba su pipa. La primera palabrota le hizo volverse. De pie, resucitado y furioso, Larsen le ofrecía la carta. Kunz leyó, cada vez más lentamente, avergonzándose de haber creído.

"Señor Gerente General de Jeremías Petrus Sociedad Anónima: De mi consideración. Me tomo la libertad de distraerlo de sus preocupaciones para hacerle llegar mi renuncia al cargo de Gerente Administrativo que he desempeñado en esa empresa durante no sé cuánto tiempo con el general beneplácito de las fuerzas vivas del país. Hago también renuncia de los devengados sueldos atrasados que por distracción no cobré. Renuncio además a la alícuota tercera parte del fruto de todos los robos que usted ordene hacer en los depósitos. Me permito agregar que esta mañana no tuvieron más remedio que meter en la cárcel a don Jeremías Petrus, apenas bajó de la balsa, porque hace unos días hice la denuncia de la falsificación de títulos de que respetuosamente le informé en oportunidad. Yo estaba en el muelle con el funcionario policial y el señor Petrus fingió no verme. No podía aceptar, supongo, la existencia de tan negra ingratitud. Me dicen en Santa María que usted no es persona grata para esta ciudad. Lo lamento porque tenía la esperanza de que viniera a convencerme de que cometí un error y explicarme en detalle el maravilloso porvenir que disfrutaremos desde mañana o pasado. Nos hubiéramos divertido. *A Gálvez*:"

—Qué maldito hijo de puta —murmuró Larsen con asombro, pensativo.

Kunz dejó caer la carta, se agachó para recoger el sobre con estampilla que Larsen había tirado al suelo, y regresó paso a paso a la sala, a la vitela celeste donde había estado dibujando.

Larsen supo en seguida qué debía hacer. Tal vez lo hubiera estado sabiendo antes de que llegara la carta o, por lo menos, estuvo conteniendo como semillas los actos que ahora podía prever y estaba condenado a cumplir. Como si fuera cierto que todo acto humano nace antes de ser cometido, preexiste a su encuentro con un ejecutor variable. Sabía qué era necesario e inevitable hacer. Pero no le importaba descubrir el porqué. Y sabía, además, que era igualmente peligroso hacerlo o negarse. Porque si se negaba, después de haber vislumbrado el acto, éste, privado del espacio y de la vida que exigía, iba a crecer en su interior, enconado y monstruoso, hasta destruirlo. Y si aceptaba cumplirlo —y no sólo lo estaba aceptando sino que ya había empezado a cumplirlo—, el acto se alimentaría vorazmente de sus últimas fuerzas.

Estaba acostumbrado a buscar apoyo en la farsa. Estaba tan desesperado que no necesitaba testigos. Sonrió desafiante y piadoso, se quitó el sobretodo y el saco, admiró un instante la blancura hinchada de la sobaquera de hilo sobre la camisa deslucida. Después puso el revólver encima del escritorio y lo vació.

Sentado, meditativo, fingiendo empeño, estuvo haciendo caer el percutor hasta que empezó a declinar la sosegada tarde de fin de invierno; una vez y otra el dedo en el gatillo y él agazapado en el centro del silencio endurecido que lamían apenas perros, terneros, las bocinas lejanas balanceadas sobre el río.

Cerca de las seis, aterido, volvió a guardar las balas en el tambor y el arma en la sobaquera. Se puso de nuevo las ropas y apretó un timbre para llamar al Gerente Técnico. Asomado en la puerta, con la expresión un poco cansada y apacible de quien ha cumplido su deber en la jornada, Kunz lo vio ir y volver, cabizbajo, desde la ventana al conmutador telefónico, con las manos a la espalda, un hombro torcido, arrastrado sobre la frente el mechón peinado con las uñas. En Kunz, la reciente decepción religiosa había disminuido el flojo respeto por Larsen. Encendió el ronquido de la pipa y se dispuso a esperar en silencio, anticipadamente incrédulo. La cabeza de Larsen vino a detenerse próxima al hombro de Kunz y se fue alzando con lentitud. Kunz la encontró más vivaz y endurecida; se puso en guardia frente al brillo de los ojos y la crueldad senil de la boca.

—Los compradores —dijo Larsen—. Hay que llamar ahora mismo a los rusos esos y decirles que queremos vender. Hay que darles a entender que no vamos a discutir mucho los precios. Pero es necesario que vengan hoy mismo, a cualquier hora. ¿Entiende? Yo los voy a atender.

—Puedo llamarlos. Pero va a ser díficil que vengan hoy. Tal vez mañana temprano...

—Llámelos. Y quiero que usted, por favor, esté presente. Vamos a vender. Sólo lo necesario para ir a Santa María y encontrar a ese hijo de perra. O para conseguirle abogados a Petrus. No sé si pedirle que me acompañe; aunque tal vez sea indispensable que alguno se quede en el astillero.

Kunz negó con la cabeza; estaba en paz, desinteresado de los dioses y los hombres, unido al mundo por la probable máquina perforadora.

—Y si encuentra a Gálvez, ¿qué va ganando? —trató de descubrir—. Lo insulta, lo pelea, lo mata. Petrus seguirá preso, mandarán a cualquiera para echarnos.

—Eso podía preocuparme antes. Pero desde que llegó esta carta, desde el mismo momento en que fue escrita, todo cambió. Esto ya se acabó o se está acabando; lo único que puede hacerse es elegir que se acabe de una manera o de otra.

—Como quiera —contestó Kunz—. Voy a llamar a los rusos.

Así que aquella noche, después de mandar un mensaje a la quinta de Petrus con el mucamo del Belgrano, después de mirarse en su habitación, en el espejo infiel del ropero, sucesivamente, como a un desconocido, como a la cara no emocionante de un amigo muerto, como a una simple probabilidad humana, caminó altivo y cortés entre los dos compradores hasta la entrada del hangar iluminada por los faros lejanos del camión. Kunz los precedía con los dos faroles; después de colgarlos retrocedió hasta la puerta y no quiso intervenir.

Con el cuerpo abandonado sobre un cajón, las manos hundidas en los bolsillos del sobretodo, Larsen simuló presidir el negocio, casi sin hablar, enfurecido, resuelto a no discutir las ofertas. La pareja de compradores recorría el hangar; a veces se llevaban uno de los faroles para inspeccionar algún rincón helado y sombrío. Regresaban arrastrando alguna cosa y la introducían en la mancha de luz del farol, colgado sobre la cabeza de Larsen. Daban un paso atrás y se iban arrepintiendo, velozmente, a dúo, de la elección. Larsen asentía con ferocidad:

—Es cierto, amigo. Esto está podrido, oxidado, no funciona. Cobrarles un peso sería estafarlos. ¿Cuánto ofrecen?

Escuchaba la cifra, la aceptaba con un movimiento de cabeza y hacía sonar un insulto, una palabra sola, plural. Cuando vendió por los mil pesos que calculaba necesitar, se puso de pie y ofreció cigarrillos.

—Lo siento, pero se acabó. Venga el dinero y carguen. No hay recibo y la casa no acepta cheques.

Kunz entró para recoger los faroles y se fue alejando por el baldío, una luz blanca y redonda en cada mano, un poco inclinado porque se alzaba viento del sur. In-

móvil, estremecido de rabia a un costado del camión
que empezaba a moverse, Larsen lo vio apagar los faroles bajo el alero de la casilla.

SANTA MARÍA - V

Así se inició el último descenso de Larsen a la ciudad maldita. Es probable que presintiera durante el viaje que había venido para despedirse, que la persecución de Gálvez no era más que el pretexto indispensable, el disimulo. Los que lo vimos entonces y pudimos reconocerlo, lo encontramos más viejo, derrotado, depresivo. Pero había en él algo distinto, no por nuevo sino por antiguo y olvidado; algo, una dureza, un coraraje, un humor que pertenecían al Larsen anterior, al que había llegado cinco o seis años antes a Santa María con su esperanza y su obsesión.

Nos estuvo mostrando —y algunos fuimos capaces de verlo—, un poco inexacto, un poco remendado, al Larsen de entonces, no corregido por la permanencia en el astillero. Más viejos el cuerpo y las ropas, más ralo el mechón sobre la frente, más frecuentes las contracciones de la boca y del hombro. Pero —estamos convencidos ahora— no debió sernos difícil intuir la calidad juvenil de sus movimientos, de su andar, de la provocación y la seguridad distraída de sus miradas y sus sonrisas. Debimos comprender, todos los que estábamos en condiciones de comparar, que cuando atravesaba los mediodías y los crepúsculos de la plaza nueva, taconeando paciente la grava; cuando se trepaba a un taburete del bar del Plaza para beber calmoso y ostensible, con una sutil insolencia que no provenía de su rostro ni de su charla; cuando detenía cortésmente a cualquiera en la calle para hacer preguntas turísticas sobre progresos y cambios en la ciudad; cuando se acomodaba perezoso en el estaño del Berna, aceptando que el patrón evidenciara no recordarlo, y nos miraba desde allí con poca curiosidad y una certidumbre invulnerable, debimos comprender que Larsen nos había borrado de su conciencia, que lograba hacer indolora y fácil su despedida retrocediendo cinco años. Estaba colocado en un terreno cuya perspectiva le impedía saber quiénes éramos, qué representábamos para él; de qué se trataba, en suma.

Lo vieron o lo vimos visitar durante dos noches todos los cafés, casas de comidas y despachos de bebidas de la ciudad; y bajar empecinado hacia la costa, recorrer los ranchos con guitarreros y pretextos para fiestas, fácil de palabra y sin aparente urgencia, generoso en las invitaciones, exhibiendo una nunca amenazada aceptación del mundo. Lo oímos preguntar por Gálvez, por un hombre sonreidor, calvo y todavía joven, difícil de confundir y ser olvidado. Pero nadie lo había visto, o nadie estaba seguro, o nadie quiso guiarlo hasta él.

De modo que Larsen, según puede deducirse, renunció al principal motivo de su viaje —la venganza— y dedicó el tercer día al otro, no menos absurdo e insincero: la visita a Petrus.

La cárcel de Santa María, a la que todos los habitantes de la ciudad mayores de treinta años continuamos llamando «el Destacamento», era aquella tarde un edificio blanco y nuevo. Tenía a la entrada una garita con paredes de vidrio y techo de cemento donde se clava aún el larguísimo mástil de la bandera. No es más que una comisaría agrandada y ocupa ahora un cuarto de manzana en el costado norte de la Plaza Vieja. Aquella tarde tenía un solo piso, aunque ya estaban acumulando bolsas de cemento, escaleras y andamios para construir el segundo.

Los presos podían ser visitados de tres a cuatro. Larsen se sentó en un banco, sobre el borde de la plaza circular de verdes oscuros y húmedos, pavimentada con gastados ladrillos envueltos en musgo, rodeada por casas viejas de frente color rosa y crema, enrejados y herméticos, con manchas que se hacen intensas a cada amenaza de lluvia. Miró la estatua y su leyenda asombrosamente lacónica, BRAUSEN - FUNDADOR, chorreada de verdín. Mientras fumaba un cigarrillo al sol pensó distraídamente que en todas las ciudades, en todas las casas, en él mismo, existía una zona de sosiego y penumbra, un sumidero, donde se refugiaban para tratar de sobrevivir los sucesos que la vida iba imponiendo. Una zona de exclusión y ceguera, de insectos tardos y chatos, de emplazamientos a largo plazo, de desquites sorprendentes y nunca bien comprendidos, nunca oportunos.

A las tres en punto saludó al uniforme azul detrás del vidrio de la garita, y desde la puerta del Destacamento se volvió para mirar al hombre y al caballo de bronce, inconvincentes, resignados, bajo el blanco sol de invierno.

(Cuando se inauguró el monumento discutimos durante meses, en el Plaza, en el club, en sitios públicos más modestos, en las sobremesas y en las columnas de *El Liberal*, la vestimenta impuesta por el artista al héroe "casi epónimo", según dijo en su discurso el gobernador. Esta frase debe haber sido sopesada cuidadosamente: no sugería en forma clara el rebautizo de Santa María y daba a entender que las autoridades provinciales podrían ser aliadas de un movimiento revisionista en aquel sentido. Fueron discutidos: el poncho, por norteño; las botas, por españolas; la chaqueta, por militar; además, el perfil del prócer, por semita; su cabeza vista de frente, por cruel, sardónica, y ojijunta; la inclinación del cuerpo, por maturranga; el caballo, por árabe y entero. Y, finalmente, se calificó de antihistórico y absurdo el emplazamiento de la estatua, que obligaba al Fundador a un eterno galope hacia el sur, a un regreso como arrepentido hacia la planicie remota que había abandonado para darnos nombre y futuro.)

Larsen se introdujo en el frío del pasillo embaldosado y se detuvo, sombrero en mano, frente al escritorio, al uniforme, al mestizo de bigotes colgantes.

—Buenas —sonrió con un desprecio, con una burla ya serenados, viejos de cuarenta años. Entregó cerrada la cédula de identidad—. Para ver al señor Petrus, don Jeremías Petrus; si dan permiso.

Avanzó después por una soledad resonante, dobló a la izquierda y se detuvo a esperar que otro uniformado, de pie y con máuser, le hiciera preguntas. Un hombre viejo, en tricota y alpargatas, fue y vino, le hizo una seña con la cabeza y se adelantó para guiarlo en un nuevo laberinto de líneas rectas, más frío, invadido por olores de sentina y bodega. Junto a un extinguidor de fuego sujeto a la pared, el viejo se detuvo y abrió una puerta sin llave.

—¿Cuánto tiempo puedo estar? —preguntó Larsen mirando hacia la penumbra adentro.

—Hasta que se aburra —contestó el viejo alzando los hombros—. Después arreglamos.

Larsen entró y permaneció inmóvil hasta escuchar el ruido de la puerta al cerrarse. No estaba en una celda; la habitación era una oficina con muebles arrumbados, escaleras y tarros de pintura. Avanzó luego con un saludo en la cara, en dirección equivocada, oscilando con pesadez al atravesar el olor a aguarrás. De golpe descubrió al prisionero, a la derecha, detrás de un escritorio en ochava en un rincón, pequeño, alerta, afeitado, como si lo hubiera estado acechando, como si hubiera planeado la distribución de los muebles para sorprenderlo, como si esa ventaja inicial pudiera asegurarle alguna victoria en la entrevista.

Más viejo y huesoso, más largo y blanco el marco de las patillas, más inquietante el brillo de los ojos. Apoyaba las manos sobre el cuero de un cartapacio cerrado; no había otra cosa encima del cuadrilátero de raída felpa verdosa del escritorio. Casi con la primera mirada, Larsen recuperó el entusiasmo, la imprecisa envidia que la separación anulaba.

—Aquí estamos —dijo.

El otro, excitado y dominándose, mostró el borde de un diente para cubrirlo en seguida. La boca volvió a ser delgada, horizontal y sinuosa. Tal vez, para tenerla, Petrus no había necesitado reiterar desdenes y negativas desde la infancia, tal vez otros actuaron durante siglos para darle en herencia una boca que fuera un simple, imprescindible tajo para comer y hablar. "Una boca que podría ser suprimida sin que los demás se dieran cuenta. Una boca que protege del asco de la intimidad y libra de la tentación. Un foso, una clausura". La luz era gris y suave, cernida por una cortina que cubría casi totalmente el balcón; en un extremo se derramaba con dulzura, triangular y alargado, el sol de agosto. Había, tocando la cortina, un diván de cuero negro con mantas prolijamente dobladas y un pequeño almohadón chato y duro. Aquel rincón era el dormitorio de Petrus, tan distinto a los de la casa lacustre sobre el río, con las grandes almohadas panzudas, protegidas por fundas con orlas de punto cruz en colores que ostentaban fechas familiares, o atavíos campesinos, y desplegaban el insospechado doble sentido de la leyenda: *Ein gutes Gewissen ist ein sanftes Ruhekissen.*

—Aquí estamos —repitió Petrus con amargura—. Pero no de la misma manera. Siéntese. No dispongo de mucho tiempo, tengo muchos problemas que estudiar.

—Espere un momento, por favor —dijo Larsen. Se sentía obligado al respeto pero no a la obediencia. Dejó el sombrero en una esquina de la mesa verde y se acercó a la cortina para levantar el borde y anticipar el ademán, curioso, maquinal, que años después repetiría de mañana y de tarde el comisario Cárner, un piso más arriba.

Vio la grupa manchada del caballo y la ese que bocetaba la cola; impedido por las ramas de los plátanos sólo pudo distinguir del Fundador un fleco de poncho cubriendo la cadera y una bota alta estribada con indolencia. Leal y con empeño, Larsen trató de comprender aquel momento de su vida y del mundo: los árboles torcidos, sombríos y con hojas nuevas; la luz apoyada en el bronce de las ancas; la detención, el secreto paciente de la tarde provinciana. Dejó caer la cortina, vencido y sin rencor; regresó a otras verdades y mentiras ayudándose con el vaivén del cuerpo. Manoteó una silla y se sentó, un segundo antes de que Petrus reiterara, frío y paciente:

—Tome asiento, hágame el favor.

"Por qué esto y no otra cosa, cualquiera. Da lo mismo. Por qué él y yo, y no otros dos hombres.

"Está preso, concluido, y la calavera blanca y amarilla me está diciendo con cada arruga que ya no hay pretextos para engañarse, para vivir, para ninguna forma de pasión o bravata."

—Desde hace unos días esperaba su visita. Me he negado a creer en su deserción. Para mí nada ha cambiado; hasta podría decir, sin cometer infidencia, que las cosas han mejorado desde nuestra última entrevista. En realidad, estoy aislado transitoriamente, descansando. Esto, ese absurdo de encerrarme por un tiempo, es lo último que pueden hacer mis enemigos, el golpe más fuerte que pueden descargar. Unos pocos días más en esta oficina, más incómoda que las otras pero no distinta, y habremos llegado al fin de la mala racha. Ahora no pierdo el tiempo; me han hecho el favor de impedir que nadie pueda hacerme perder el tiempo y esto me permite solucionar mis problemas cómodamente y de manera definitiva. Puedo decírselo: encontré solución para todas las dificultades que estaban entorpeciendo la marcha de la empresa.

—Es una gran noticia —dijo Larsen—. Todos van a tener una gran alegría cuando vuelva al astillero y la trasmita. Si usted me autoriza, claro.

—Puede decirlo; pero estrictamente al personal superior, a los que han dado pruebas de fidelidad. No me he preocupado por saber el motivo de mi detención. Pero, según parece, se trata de una denuncia basada en aquel famoso título de que hablamos. ¿Qué ocurrió? ¿La misión que le confié terminó en el fracaso o usted hizo causa común con mis enemigos?

Larsen sonrió y se puso a maniobrar lentamente para encender un cigarrillo; después se esforzó en mirar con odio la cabeza de pájaro, expectante y fanática, que se inclinaba hacia él, segura de todos los triunfos, segura de que nadie le impediría tener razón hasta el final.

—Usted sabe que no —dijo lentamente—. Por algo estoy aquí, por algo vine en cuanto me enteré de que usted estaba detenido —pero hubiera dicho: "Hice todo lo posible. Soporté algunas humillaciones e impuse otras. Recurrí a formas de violencia que usted conoce como yo, ni más ni menos que yo, y cuya víctima es incapaz de describir en una acusación porque también está impedida de comprenderlas, de apartarlas de su sufrimiento y saber que son su causa. Usted debe haber usado diariamente esas formas de la violencia. Y también conoce todo el resto, igual que yo pero no mejor, porque somos hombres y las posibilidades de infamia son comunes y limitadas: la astucia, la lealtad, la tolerancia, el mismo sacrificio, el pegarse al flanco del otro como un nadador para defenderlo de la correntada, y para ayudarlo a hundirse, casi siempre a su pedido, exactamente cuando nos conviene—." Lo único censurable que hice fue

189

fracasar.

Petrus recogió su cabeza como una tortuga, volvió a mostrar los dientes amarillos, esta vez generosamente. No condenaba del todo; los ojos hundidos y brillantes miraron a Larsen cavilosos, casi apiadados, con una divertida curiosidad.

—Está bien, creo en usted. Nunca me equivoco al juzgar a un hombre —dijo, por fin, Petrus—. En realidad, no tiene importancia. Puedo demostrar que ignoraba la existencia de títulos falsificados. O nadie puede demostrar que yo sabía algo. Dejemos eso. Lo importante es que el momento de la justicia definitiva está próximo; cuestión de días, un par de semanas a lo sumo. Necesitamos, más que nunca, un hombre capaz y leal al frente del astillero. ¿Se siente usted con fuerzas, con la fe necesaria?

Entonces Larsen se aplicó a decir que sí con la cabeza, a ganar tiempo, mientras acostumbraba sus pulmones al aire de extravagancia y destierro en que había estado sumergido todo el invierno y que ahora, bruscamente, se le hacía insoportable y discernible. Un aire difícil de tolerar al principio, casi imposible de ser sustituido después.

—Puede contar conmigo —dijo, y el viejo le sonrió—. Pero es cierto que he perdido mucho tiempo en el astillero y ya no soy joven. El trabajo, lo reconozco, es liviano por ahora, aunque la responsabilidad es muy grande. No quiero discutir el sueldo por el momento; pero me parece conveniente decirle que no lo pagan, o no lo pagan con regularidad. Considero justo tener una garantía de compensación para cuando lleguen los buenos tiempos.

De pronto Petrus se echó hacia atrás y la piel de su cara se fue estirando con precisión sobre los menudos huesos. Por un momento, Larsen estuvo seguro de que la cabeza se erguía muy lejos de la penumbra del cuarto, en un clima de intolerable cordura, en el mundo antiguo y perdido. Lentamente, Petrus alzó los pulgares hasta los bolsillos del chaleco, y acercó su cara a la de Larsen. Tal vez algo del desprecio subsistiera: la pequeña lástima burlona del hombre que se ha resignado a transigir con los demás.

—Si se pagan o no los sueldos allá en el astillero, no es cuestión mía. Tenemos un administrador, el señor Gálvez; plantéele a él sus problemas.

—Gálvez —repitió Larsen con una expresión de alivio. Se sentía indultado, lo iba llenando el tibio vigor de la convalecencia—. Ese es el hombre que entregó el título, que hizo la denuncia.

—Perfectamente —asintió Petrus—. Tanto peor para él. Me agradaría saber qué medidas tomó usted para sustituirlo. No pensará que una empresa como la del astillero puede funcionar normalmente sin una administración experta y segura. ¿Lo ha dejado cesante, por lo menos?

"Cómo me gustaría darle un abrazo, o jugarme la vida por él o prestarle diez veces más dinero del que pueda necesitar."

—Vea —dijo Larsen, desprendiéndose el sobretodo—, Gálvez, el administrador, hizo la denuncia y desapareció. O, mejor, tuvo buen cuidado de desaparecer antes. Hace tres días me hizo llegar una carta renunciando a su puesto. Claro que comprendí en seguida que mi deber era dejarlo cesante. Lo busqué por todos los agujeros de Puerto Astillero y después me vine a Santa María. Pensaba dejarlo cesante con esto. Pero no aparece.

Puso sin ruido el revólver sobre la mesa y retrocedió un poco para observarlo.

—Es un Smith —informó con un orgullo inoportuno y marchito.

Estuvieron los dos un rato en silencio, cabizbajos y atentos, mirando la forma perfecta del arma, el tenue resplandor lila del acero del caño, la superficie negra y rugosa de la cacha. La examinaban, sin intención de tocarla, como si se tratara de un animal de existencia comprobada pero nunca visto por ellos, un insecto que acabara de posarse en el escritorio, amenazante y amenazado, pero sin conciencia de esto, quieto, incomprensible, tratando acaso de comunicarse por una vibración de los élitros que la tosquedad de los hombres no podía percibir.

—Guárdese eso —ordenó Petrus, y se acomodó nuevamente en su silla—. Personalmente, no apruebo el procedimiento. Y de nada podría servirnos ahora. ¿Cómo pudo entrar en la cárcel con un revólver? ¿No lo revisaron?

—No. No se les ocurrió ni a ellos ni a mí.

—Es fantástico. De modo que cualquiera podría entrar en esta habitación y matarme. Ese mismo individuo, Galvéz, que ayer y anteayer vino no sé cuántas veces a pedirme una entrevista. No quise verlo, no tengo nada que hablar con él. Está más muerto que si usted hubiera usado el revólver.

—¿Así que vino? ¿Gálvez? ¿Está seguro? Bueno, entonces no debe andar lejos de aquí. Tengo que encontrarlo. No para meterle un tiro; fue un impulso, algo tenía que hacer. Pero me gustaría escupirle la cara o insultarlo despacio hasta cansarme.

—Comprendo —mintió Petrus con decisión—. Guarde el revólver y olvídese de esa historia. Consiga un hombre capaz y honrado para la administración. Fíjele sueldo y condiciones. Hay que tener presente, pase lo que pase, que el astillero debe continuar funcionando.

—De acuerdo —repuso Larsen, mirando siempre el revólver; antes de guardarlo estiró un dedo para acariciar suavemente la base de la culata.

(Primero, con las primeras mujeres y los primeros augurios de importancia y peligro disfrutados en glorietas de locales suburbanos, de improvisados y efímeros clubes sociales, recreativos y deportivos, fue una pistola 32, chata, que podía llevarse en el bolsillo de la cintura. Era un amor de adolescencia, cultivado con escobillas, vaselina y regulares exámenes nocturnos. Vino después una pistola Colt comprada por nada a un conscripto; era pesada, enorme, indomable. También inútil, nunca usada si se exceptúan los almuerzos campestres, los ejercicios de puntería contra una lata o un árbol; en mangas de camisa, un cigarrillo humeando a un lado de la boca, un vaso de vermut y caña en la zurda, mientras preparaban el asado. También, en las ocasiones perfectas, un cielo azul interminable, un *charret* empequeñecido y como inmóvil en el camino, olor a humo y gallinero, algún colono eslavo. Esto en la edad de la madurez, de la máxima hombría. Una pistola demasiado grande para la mano, que intentaba hacerlo caminar torcido, que pesaba inolvidable contra las costillas. Sólo buena para mostrar y lucirse oportuna en la hora crepuscular en que languidece el póquer, cuando él daba la pistola a desarmar y, con los ojos vendados, chupando atorado el cigarrillo que alguna mujer le arrimaba, la iba reconstruyendo, ciego, rodeado por un murmullo de amistad y asombro, diestro, gozando de la amorosa memoria de sus dedos, totalmente feliz cuando remataba entre aplausos la proeza atornillando en el mango los trozos de madera con el potrillo rampante.)

—Estamos de acuerdo —insistió Larsen mientras se abrochaba el sobretodo—. El funcionamiento del astillero es la base de todo. Tomaré sin vacilar todas las medidas necesarias. Ya arreglaremos eso de los sueldos. Pero le repito que para mí es muy importante tener alguna seguridad para el día de mañana.

Petrus alzó las manos y luego se frotó la barbilla. La cara amarillenta se inclinaba alegre, discretamente triunfal.

—Comprendo, señor —susurró—. Usted desea capitalizar sus sacrificios. Me parece muy bien. En cuanto a los sueldos actuales, designe un administrador y entiéndase con él. Respecto al futuro, ¿qué es lo que quiere?

—Alguna seguridad, un contrato, un documento —rió suavemente, dócil y consolador.

—No veo inconvenientes —exclamó Petrus con excitación. Abrió el portafolios de cuero con un movimiento pausado y hábil que hizo sonar gravemente la escala de la cremallera—. Creo, en principio, que podemos entendernos —extrajo papeles y desenganchó la lapicera del bolsillo del chaleco—. Diga qué clase de documento desea. ¿Un contrato por cinco años? Espere un momento —estuvo buscando en el bolsillo interior del saco el estuche de los anteojos, se los puso y sonrió con un desdeñoso desafío—. Pida, señor.

—Bueno —dijo Larsen, con una sonrisa amistosa—. No quiero apurarme para no arrepentirme. Primero, confirmar por contrato, cinco años de duración está bien; no me conviene atarme. En cuanto al sueldo... Usted comprenderá que el puesto de Gerente General obliga a cierto nivel de vida.

—Exactamente. Y yo sería el primero en exigírselo —la cara de Petrus ahora alzada, reflejaba una dicha austera—. ¿Cuál es su sueldo actual? Debo confesarle que preocupaciones más importantes me han impedido examinar últimamente las liquidaciones mensuales del astillero.

—Pongamos... bueno, ahora estoy ganando cuatro mil. Pongamos seis mil a partir del día en que se normalice la situación.

—¿Seis mil?. —Petrus vaciló, haciendo deslizar el cabo de la lapicera sobre los labios—. Seis mil. No tengo nada que objetar. Pero tendrá que ganárselos, señor. Bien; redactaré un documento provisorio, reconociéndole el cargo y la retribución durante cinco años. Después haremos el contrato formal.

Se inclinó para escribir, muy lentamente, dibujando cada letra. Un altoparlante de propaganda comenzó a hablar en el silencio, incomprensible, y alejándose. Larsen se incorporó y miró a su alrededor. Las tablas, las latas y los pinceles abandonados; el color del aire cargado de sosiego e inminencia; el viejo doblado sobre el escritorio. Y más allá de lo visible, pero alterándolo, el silencio en aquella parte de la ciudad, envejecida y casi inmutable. El enorme caballo sorprendido cuando despegaba las patas para lanzarse a la carrera, con su cola ondulante, con su tonalidad de pasto en el otoño. Una plaza húmeda y circular donde los árboles entreveraban sus ramas; bancos desocupados, charcos que nadie miraría secarse. Un atardecer que se estiraba desde el río, desde las manzanas remozadas del barrio comercial.

—Sírvase leer —dijo Petrus.

Larsen tomó la hoja de cartulina y examinó la escritura floreada pareja y perfecta. "Por el presente documento reconozco al señor E. Larsen como Gerente General de los astilleros de la firma Jeremías Petrus Sociedad Anónima, de cuyo Directorio soy Presidente. Tal designación será motivo de un contrato que por el término de cinco años...".

Larsen dobló la cartulina y la guardó en un bolsillo. Petrus se puso de pie.

—Ahora todo está perfecto —dijo Larsen—. Nunca dudé de usted; pero hay que mirar también el aspecto legal de las cosas. Usted es un caballero. No quiero robarle más tiempo; me parece que cuanto antes esté de vuelta

195

en Puerto Astillero, mejor. Es imposible, sin embargo, que vuelva a visitarlo para despedirme.

—Tal vez sea inútil —contestó Petrus—. Deseo aprovechar este descanso para trabajar tranquilamente. Todavía es necesario ajustar algunos detalles.

—Muy bien —Larsen no ofreció la mano ni el viejo tampoco. Desde la puerta se volvió. Petrus parecía haberlo olvidado; había vuelto a sentarse y distribuía documentos sobre el escritorio—. Perdone —dijo Larsen, alzando la voz—. Me resulta curioso, y halagador, que recuerde cómo me llamo. Hasta el nombre de pila, o por lo menos, la inicial.

Petrus lo miró un momento; después habló hacia los papeles y el cartapacio.

—El comisario es una persona muy bien. A veces viene a visitarme y hasta hemos almorzado juntos. Hablamos de muchas cosas. Sabía que usted andaba por Puerto Astillero y que me había visitado aquí en la ciudad. Me mostró su prontuario, señor; en realidad, ha cambiado poco: tal vez algo más gordo, algo más viejo.

Larsen abrió y cerró la puerta en silencio. En el final del pasillo encontró al hombre de la tricota, le dio unos pesos y se dejó guiar hasta el policía armado. Desde allí, lentamente, temblando de frío, sin hacer ruido sobre las baldosas, caminó solo hasta encontrar la luz de la calle.

Atravesó el círculo helado de la plaza del Fundador y caminó hacia el centro por una calle de muros leprosos, cubiertos casi todos por la espuma seca de las enredaderas; una calle de parques y caserones, de sombra y ausencias. "Tal vez no haya estado nunca en esta parte de la ciudad, tal vez todo hubiera sido distinto, tal vez haya deseado siempre vivir en una casa como esta." Caminaba erguido y taconeando, buscando las zonas de mayor silencio para hacer sonar el desafío de los pasos, resuelto a no dejarse derrotar, ignorando qué le quedaba por defender.

"¿Por qué no? Todo pudo haber resultado distinto si yo hubiera sido, cinco años atrás, un hombre que acostumbrara recorrer por las tardes los barrios viejos de Santa María. Para nada, por el gusto de visitar estas calles solitarias y acercarme a la noche que se va formando en la altura de la plaza nueva, sin apuro por llegar, despreocupado de trabajos y miserias, pensando, al principio por capricho y después por amistad, en la vida de la gente muerta que vivió en estas casas con escalones de mármol y portones de hierro. Es posible. De todas maneras, ahora más que nunca es necesario que haga algo, cualquier cosa."

En mitad de la plaza nueva, mientras vacilaba eligiendo dónde comer y dormir, comprendió que tenía que defenderse de la tentación de no volver a Puerto Astillero. "Porque ya no puedo aceptarme en ningún otro lugar de la tierra, ya no puedo hacer cosas ni interesarme por sus consecuencias."

Caminó hacia el puerto, comió distraído y convino precio por una habitación para pasar la noche; revolvía el café pensando en una antesala de la muerte, en un piadoso período de acostumbramiento, cuando se le ocurrió la idea.

Primero fue el asombro por no haberlo pensado antes, en el mismo momento en que Petrus dijo: "Este individuo, Gálvez, que ayer o anteayer vino no sé cuántas veces a pedir una entrevista." Después fue la necesidad de estar con Gálvez, de mirar la cara amiga de alguien en relación con el mundo lógico irrespirable. Gálvez debía estar, como él, dando vueltas por Santa María, ajeno, forastero, desconcertado por el lenguaje y las costumbres, con sus penas magnificadas por el destierro. Imaginó el encuentro, el diálogo, las alusiones a la patria lejana, el superfluo y consolador intercambio de recuerdos, el espontáneo desdén por los bárbaros.

Pensó entonces en la Santa María de cinco años atrás, en el plazo de espera, en los meses de triunfo, en la catástrofe previsible aunque injusta. Extrajo, del torbellino de personajes, noches y sucesos, la única posibilidad de llegar hasta Gálvez: muy alto, corpulento, casi humano, ronco, el oficial Medina. Tal vez estuviera aún en la ciudad. Fue hasta el teléfono y marcó sin fe el número.

—Jefatura —dijo la voz dormida del hombre.

—Para hablar con Medina —escuchó la vacilación y el silencio, distinto, afirmativo. Sonriendo propicio se esforzó en recordar a Medina, en verlo burlarse y desconfiar, en ayudarlo a estar vivo y policía.

—Jefatura —vino otra voz alerta.

—Habla un amigo de Medina. Acabo de llegar a la ciudad.

—¿Quién habla?

—Larsen, nada más. Un amigo de hace años. Dígale, por favor.

Oyó entonces un crujido remoto y nocturno, un silencio sin profundidad, baldío como una pared; después otro silencio elástico y cargado, el zumbido de una habitación amplia y poblada.

—Medina —silabeó la voz, ronca y aburrida.

—Aquí Larsen, no sé si se acuerda. Larsen —se arrepintió en seguida del entusiasmo, del nervioso orgullo. Hizo una mueca rastrera para congraciarse con la cautela del otro.

—Larsen —dijo al rato la voz, como suspirando—. Larsen —repitió con asombro y contento.

—¿Comisario?

—Sub. Y me jubilo ¿Desde dónde habla?

—Vine a comer pescado en la costa. Entre el puerto y la fábrica.

—Espere —"No pienso escaparme; por desgracia no

tengo nada que perder, nada me puede ocurrir"—. Lo
malo, Larsen, es que no puedo moverme de aquí hasta
la madrugada. Me alegra mucho que haya llamado;
piense en la vieja amistad y venga a verme. Si se llega
hasta el principio de la rambla, es seguro que encuentra
un taxi. Si no, tiene el ómnibus "B" que lo deja en el
costado de la plaza, frente a la Jefatura. ¿Lo espero?
Larsen dijo que sí y colgó. "¿Qué pueden hacerme?
Ya ni siquiera tengo enemigos, no me van a tender
trampas ni manos. Ahora, hasta puedo soportarlos,
charlar y divertirlos."
Medina estaba sentado en una oficina vacía que inun-
daba una rabiosa luz fluorescente, nublada por humo
de tabaco, con pocillos sucios de café desparramados
sobre las mesas y la biblioteca; tenía las largas piernas
apoyadas en el escritorio y sonreía haciendo girar los
pulgares sobre el estómago. La cara era la misma del recuerdo de Larsen; los pozos de la viruela no permitían
que las arrugas se hicieran notables, dos angostas líneas
de canas bajaban desde las sienes a la nuca. "Eso estaba
llenos de tipos y él los despidió. Déjenme solo. Para qué
puede servirle."
Hablaron, sí, del tiempo viejo, sin que ninguno aludiera a la historia del prostíbulo. Medina sonreía dulcemente, como si evocara años duros y esperanzados. Después bostezó y se fue incorporando con lentitud, se puso
de pie y estiró el enorme cuerpo vestido de marrón, más
gordo, aún joven.
—Larsen —dijo. Miraba pensativo al hombre hundido
en el sillón de cuero que mantenía como defensa una
sonrisa tonta y se rascaba maquinalmente un mechón
gris alargado hacia el ceño—. Es cierto que tenía muchas
ganas de hablar con usted. Sabemos que se ha instalado
en Puerto Astillero desde hace unos meses, que está trabajando.

"Qué juego habrás inventado, para deslumbrarme, para que yo no olvide nada de lo que nos separa."

—Exacto —contestó sin prisa, con una débil burla, fingiendo la vanidad—. Están bien informados. Vivo allá, en el Hotel Belgrano. Trabajo en el astillero de Petrus. Soy gerente. Estamos luchando por reorganizar la empresa. Todas las cartas sobre la mesa. Además, usted recordará, nunca escondí nada.

Medina mostró los dientes y estuvo sacudiendo la cabeza; la voz ronca vino después a tropezones.

—Nunca tuve tampoco nada contra usted. Cuando el gobernador dijo "basta", tuvimos que cumplir órdenes. Parece que hiciera un siglo. Le agradezco que se le haya ocurrido llamarme. Además, si puedo hacerle algún favor... —retrocedió hasta el escritorio y montó una pierna en una esquina—. Si quiere café, dígame. Es lo único que puedo ofrecerle aquí. Yo ya tomé demasiado. Como le dije, llegué a subcomisario y esto se acabó. Antes de un año me jubilo —sonrió desperezándose, atlético, resignado—. Bueno, pida lo que necesite. Por algo se le ocurrió llamarme, aparte de las ganas de verme.

—Es cierto —dijo Larsen; cruzó las piernas y calzó el sombrero en la rodilla—. Usted se habrá dado cuenta desde el principio, desde que me reconoció en el teléfono. El favor es chico. Se trata de un empleado del astillero, Gálvez, uno de los principales. Desapareció hace unos días. Me mandó una carta renuncia fechada en Santa María. La señora, naturalmente, está muy inquieta. Me ofrecí para venir a buscarlo y por más que recorrí la ciudad no pude descubrir el menor rastro. Pensé, antes de volverme, recurrir a usted por si sabía algo. Imagínese, volver sin una noticia para la señora.

Medina esperó un rato, hizo un despacioso ademán para mirar su reloj de pulsera y se apartó con un envión del escritorio. Las suelas de goma de los zapatos se acercaron gimiendo sobre el linóleo. Se irguió junto a Larsen, casi tocándole las rodillas con las piernas; inclinaba hacia el hombre sentado la cara color mancha de vino, la vieja, monótona expresión, la crueldad y el hastío.

—Larsen —dijo; la voz ronca se fue haciendo impaciente—. ¿Qué más? Tengo algunas cosas que hacer antes de irme y estoy cansado. ¿Qué más sabe de ese hombre, Gálvez?

—Qué más —asintió Larsen—. Nada tengo para esconder —alzó las manos y se miró las palmas con una sonrisa. No tenía miedo, lo remozaban recuerdos de tantos otros hombres inclinados sobre él y preguntando—. ¿Qué más? Puede decirse que se trata de secretos comerciales. Pero estoy seguro de que hago bien confiando en usted. Gálvez vino a Santa María para hacer una denuncia contra el señor Petrus. El juez hizo detener al señor Petrus; como usted sabe, está ahora en este mismo edificio. Hablé con él esta tarde y me dijo que Gálvez había intentado varias veces ser recibido por él. Nada más. Pensé, lo que es sencillo de entender, que si Gálvez había andado por aquí ustedes sabrían dónde encontrarlo. ¿Qué más? No hay nada, no hay manera de sacarme nada más porque no tengo.

Desde arriba Medina dijo que sí y volvió a sonreír; después desinfló el tórax y se fue abrochando el saco mientras hacía muecas de sueño. Miró de nuevo la hora.

—Vamos, Larsen. Levántese, haga el favor. Creo en lo que dice, estoy seguro de que no sabe nada nás. Venga, que voy a contarle el resto.

Salieron de la oficina y caminaron por los pasillos enlosados.

Debajo de una luz mortecina los saludó un vigilante que hizo sonar los tacos; Medina abrió con violencia una puerta.

—Entre —dijo con fastidio y burla—. No puedo invitarlo a elegir, hoy estamos muy pobres.

Caminaron en el frío mal iluminado, en el olor a desinfectante; pasaron frente a un sillón de dentista, a dos vitrinas llenas de metales brillantes separadas por un radiador que no estaba funcionando; rodearon un pequeño escritorio cubierto por una tapa convexa. En el fondo de la sala cada vez más fría, casi contra la pared que formaban los muebles de acero del archivo, rodeados por un rectilíneo rezongo de agua en canaletas, encontraron una mesa cubierta por una tela áspera y blanca. Medina la levantó y estuvo palpándose hasta extraer un pañuelo y apretarlo contra el estornudo.

—Este es el resto de la historia —dijo después—. Es el mismo Gálvez, ¿verdad? Mire y hable rápido si no quiere resfriarse. ¿Es? No lo apuro.

Larsen no sintió odio ni lástima por la cara blanca sobre la mesa de piedra, endurecida y negándose, aliviada de agregados, un poco obscena la humedad brillante de los ojos entornados. "Lo que siempre dije: ahora está sin sonrisa, él tuvo siempre esta cara debajo de la otra, todo el tiempo, mientras intentaba hacernos creer que vivía, mientras se moría aburrido entre una ya perdida mujer preñada, dos perros de hocico en punta, yo y Kunz, el barro infinito, la sombra del astillero y la grosería de la esperanza. Ahora sí que tiene una seriedad de hombre verdadero, una dureza, un resplandor que no se hubiera atrevido a mostrarle a la vida. Sólo le quedan los párpados hinchados, las medialunas de la mirada chata. Pero de eso no tiene él la culpa."

—Sí, es. ¿Cómo fue?

—Fácil. Se metió en la balsa y en cuanto pasaron la isla de Latorre se tiró al agua. Media hora de atraso. Pero a la caída del sol vino solo hasta el espigón. Yo sabía que era Gálvez; sólo quise mostrárselo.

Volvió a estornudar, puso una mano sobre la espalda

de Larsen; con la otra estiró rápidamente la tela sobre el muerto.

—Nada más —dijo—. Ahora me firma un papel y se va.

Lo guió por los pasillos a media luz y lo hizo entrar en una oficina donde dos hombres jugaban al ajedrez. Entonces perdió de golpe la sombra de cordialidad que habían mantenido.

—Tosar —dijo—. Este hombre acaba de identificar al ahogado. Agrega al sumario lo que tenga que decirte y después lo dejás que se vaya.

Uno de los hombres arrastró sobre el escritorio la máquina de escribir. El otro observó distraído a Larsen y volvió a mirar el tablero. Medina cruzó la habitación y salió por otra puerta, sin despedirse, sin volver la cara.

Sonriendo, alegremente estremecido por la astucia, Larsen se sentó sin esperar que lo invitaran. Acababa de decidir que Gálvez no había muerto, que él no caería en una trampa tan infantil, que volvería al amanecer a Puerto Astillero, al mundo inmutable, mensajero de ninguna noticia.

EL ASTILLERO - VII

LA GLORIETA - V

LA CASA - I

LA CASILLA - VII

LLEGÓ ENTONCES el último viaje de Larsen río arriba, hacia el astillero. Estaba entonces no simplemente solo, sino también despavorido y con ese inquietante principio de lucidez de los que empiezan a desconfiar, a regañadientes, sin vanidad ni conciencia de astucia, de su propia incredulidad. Sabía pocas cosas y rechazaba muequeando a las que lo rondaban queriendo ser sabidas.

Estaba solo, definitivamente y sin drama; tranqueaba, lento, sin voluntad y sin apuro, sin posibilidad ni deseo de elección, por un territorio cuyo mapa se iba encogiendo hora tras hora. Tenía el problema —no él: sus huesos, sus hilos, su sombra— de llegar a tiempo al lugar y al instante ignorados y exactos; tenía —de nadie— la promesa de que la cita sería cumplida.

Así que nada más que un hombre, éste, Larsen, trepando el río en una embarcación cualquiera, en el principio apresurado de una noche de invierno, mirando distraído para distraerse, lo que aún podía verse de vegetaciones costeras, registrando con la oreja derecha gritos de pájaros de nombres ignorados.

Así que, sin saber más que lo que él podía tolerar, pero habiendo descubierto en algún momento de su navegación lo que había estado buscando desde la ventana carcelaria de Petrus frente a la Plaza del Fundador, llegó a Puerto Astillero cuando una raya de luz verdosa se os- curecía en el horizonte. Entró en lo de Belgrano para fortalecerse con la sensación de orden que dan las eta- pas, para lavarse y tomar un trago, para hacer creer al patrón que no era un fantasma.

Subió a su cuarto y, tembloroso y cobarde por el frío, fue en mangas de camisa a lavarse a la pileta del corre- dor, sin necesidad de luz, tanteando para guiarse. No había nada en la noche aparte del ruido alegre del agua. Levantó la cabeza para secarse y sintió el aire mordiendo y enrarecido; estuvo buscando la luna pero no encontró más que la plata tímida del resplandor. Fue entonces que aceptó sin reparos la convicción de estar muerto. Estuvo con el vientre apoyado en la pileta, terminando de secarse los dedos y la nuca, curioso pero en paz, des- preocupado de fechas, adivinando las cosas que haría para ocupar el tiempo hasta el final, hasta el día remoto en que su muerte dejara de ser un suceso privado.

Había terminado de vestirse, estaba harto de exami- nar el revólver, de quebrarle el lomo, de hacer rodar frente a un ojo el tambor vacío, de pasar revista a las ba- las sobre la mesa como a una patrulla. Estaba vestido y peinado, bien limpio en las partes que no cubría la ro- pa, perfumado y sin barba, con un codo en la mesa y al- zando un cigarrillo que chupaba sin absorber el humo. Estaba solo y aterido en el centro de la pieza ridícula- mente chica que la escasez de muebles hacía casi normal. Estaba desprovisto de pasado y sabiendo que los actos que construirían el inevitable futuro podían ser cumpli- dos, indistintamente, por él o por otro. Estaba feliz y esta felicidad era inservible, cuando el mucamo pidió permiso para entrar.

Larsen no se movió para mirarlo; conocía de memo- ria la frente estrecha, el pelo duro y negro, el aire quieto y alerta de la cara.

—Me pareció oír que llamaba. ¿Cómo le fue en todo este tiempo? Andaban diciendo que no volvía. Venía a preguntarle si come acá. Llegó la lancha con carne fresca.

El muchacho se movía golpeando con un trapo la mesita de noche, la repisa con el despertador; se acercó para quitar el polvo de los bordes de la mesa.

—Mirá —dijo Larsen—. No pienso comer nada de la basura que preparan aquí.

—Hace bien —repuso el muchacho con entusiasmo—. Pero la carne es fresca. Qué me puede importar que coma o no —se agachó para pasar el trapo por una pata de la mesa, se incorporó sonriente, sin mirar a Larsen.

—Mirá —repitió Larsen; de pronto dejó caer el cigarrillo al suelo y ladeó la cabeza para mirar con asombro al mucamo—. ¿Qué estás haciendo aquí? Quiero decir, qué esperás quedándote aquí en Puerto Astillero, en este sucio rincón del mundo.

El muchacho no le hizo caso, no pareció creer que le hablaran a él. Recostó la cadera en la mesa y fue alzando lentamente hasta su cara el trapo inmundo que usaba como limpiador, pañuelo y servilleta; tomándolo de los bordes con los índices y los pulgares lo hizo girar frente a su sonrisa de dientes blanquísimos.

—Puedo preguntarle lo mismo. Con más razón. ¿Qué espera aquí? Ya pasó mucho tiempo y no se cumple nada de lo que esperaba. Me parece a mí.

—Ah —dijo Larsen, y empezó a frotarse las manos.

El muchacho se apartó de la mesa y giró dos pasos de baile con el trapo en alto.

—Ahora no más me pega el grito esa vieja estúpida.

—Ah —insistió Larsen; alzaba, un poco torcida, una cara de meditación y estima. Necesitaba un pequeño hecho infame, como se necesita un tónico o un vaso de al-

cohol—. De modo que no querés entender. Traeme talco
y lustrame los zapatos.

Siempre bailando, el muchacho fue hasta el ropero y
sacó una lata ovalada con flores azules sobre un fresco
fondo amarillo. De rodillas, espolvoreando los zapatos
que Larsen le alargaba indolente, frontándolos después
con el trapo, sólo mostraba el pelo brilloso, la estro-
peada chaqueta blanca que exhibía lanas por las rotu-
ras.

—Así que no querés entender, hijito —dijo Larsen con
lentitud, sonoramente, para que las palabras duraran.

Esperó a que el otro guardara el talco y cerrara la
puerta del ropero. Entonces se acercó, despacio, seguro
de la espera del muchacho, y le tomó la cara por las mejillas con una mano. Lo sacudió suavemente y lo soltó.
El muchacho no se movía; desviando los ojos, abría y
plegaba el trapo a la altura de un hombro.

—Ahí tenés, para explicarte, para que no tengas más
remedio que entender —dijo Larsen con voz pausada,
con hastío—. Te estuvo tocando la cara un hombre de
bien. Tenelo en cuenta. Pero yo conocí a uno que era
como vos, hasta parecido físico tenía, que vendía flores
en la madrugada, en la calle Corrientes, allá en otro
mundo que no conocés, flores para artistas, reas y man-
tenidas. Se especializaba en violetas, recuerdo. Y después
de años que anduve sin circular, llego una noche a un
cafetín, estoy acompañado en una mesa y el muchacho
se me acerca con la canasta de violetas. Y dos vigilantes
que van al fondo para cobrarse la copa, uno que sale y
otro que entra, lo manotean al pasar riéndose. No sé si
entendés lo que te quiero decir. Te estoy hablando
como un padre. Se me ocurre que eso que te conté es lo
último que le puede pasar a un tipo.

Fue hasta la mesa para recoger el sombrero y se lo
puso frente al espejo, tratando de silbar un tango viejo

del que no recordaba ni el nombre ni la historia. El muchacho se había corrido hasta la cama, y, dándole la espalda, limpiaba otra vez el marco de la ventana con el trapo enroscado.

—Es así —dijo Larsen con melancolía. Se desprendió el sobretodo, sacó la cartera y estuvo contando cinco billetes de diez pesos que puso sobre la mesa—. Ahí tenés. Cincuenta pesos que te regalo. Lo que te debo es aparte. Pero no le digas al patrón que ando regalando dinero.

—Bueno, gracias —dijo el muchacho acercándose—. Así que no come con nosotros. Tengo que avisar. —La voz era ahora más aguda e insolente, jadeante.

—Hace unos años te hubiera roto el alma en vez de aconsejarte. ¿Te acordás de lo que estuve contando? Se había acercado con los ramitos de violetas; era también un invierno. Y cuando los vigilantes lo tocaron, no podía disimular porque todo el mundo lo había visto y no podía enojarse porque la autoridad es la autoridad. Así que hizo la cosa más triste de este mundo; nos mostró una sonrisa que ojalá Dios no permita que tengas nunca en la cara.

—Sí —contestó el muchacho, parpadeando, casi alegre. Había extendido la servilleta sobre la mesa y apoyaba encima las manos; la cara morena se había aniñado y los ojos oblicuos, la boca entreabierta, mostraba, rodeando el ensueño, una leve desconfianza, un intimidado deseo de hacer preguntas—. ¿Piensa volver muy tarde? Por si quiere que le guarde algo para comer. Escuche, me olvidaba. Trajeron esto para usted. Ayer, creo —se encogió para escarbar en el bolsillo del pantalón mugriento, extrajo un sobre cuarteado y abierto.

Larsen leyó el papelito lila: "Lo vamos a esperar para comer arriba con Josefina a las ocho y media. Pero venga antes. Su amiguita A. I.".

—¿Buenas noticias? —preguntó el mucamo.

Larsen salió sin contestar ni volver a mirarlo; no quiso, abajo, tomar la copa con el patrón y entró velozmente en el frío de la calle. Dobló a la derecha y se metió en el camino, en la calle ancha limitada por árboles desnudos, sin luna aún, con sólo un vago resplandor blancuzco que simulaba guiarlo. Caminaba sin pensar, una cuadra y otra; porque no era un pensamiento la imagen de sí mismo trotando, no sólo hacia la quinta, hacia la campana sombría y helada de la glorieta, hacia el jardín con las manchas de tiza de las estatuas, los senderos conquistados por la maleza, los canteros con estacas y troncos secos. Marchando también a través del frío hacia el mismo corazón de la casa alzada más arriba de todo nivel posible de creciente. Hacia la gran sala con el calor y la vertiginosa alharaca de las llamas en la chimenea; hacia el más viejo y respetado de los sillones, el que sólo había soportado el cuerpo de Petrus, o el de la madre muerta, o el de la tía de nombre impronunciable, también difunta.

Trotando, viéndose trotar hacia el centro mismo de una habitación cálida, limpia y ordenada, de una escena que él presidiría, con orgullo y naturalidad, mientras iba reconociendo, sobre todo al principio, los errores cometidos al imaginarla, y planeaba los cambios que introduciría para satisfacer la necesidad histórica de dejar señalado el comienzo de una nueva época, de su particular estilo.

Hizo sonar la campana y esperó, mientras miraba desprenderse de la sombra de los árboles el borde de la luna, salida de atrás de alguna parva o de algún caserón carcomido en la región nunca hollada de las granjas. Después, como en los cuentos mágicos, de los que sólo podía recordar una sensación dichosa de obstáculos sucesivamente superados, pasó a través de los portones, cruzó frente a la mujer callada, Josefina, que no contestó su saludo, se liberó de los saltos del perro, y trató de hacer sonar los tacos en la grava de la senda sinuosa, esquivando las ramas que le buscaban la cara, empeñándose en convertir en bienvenida las formas blancas donde se reflejaba la luna y el olor elegíaco de la cisterna.

Llegó a la entrada de la glorieta y se detuvo, los pasos de la mujer y la respiración del perro a sus espaldas.

—No lo esperábamos —dijo Josefina; hizo un ruido impaciente, una lejana alusión a la risa—. El señor desaparece sin avisar, no avisa tampoco cuando vuelve.

Larsen continuó frente a la forma ojival de la entrada de la glorieta, mirando la piedra de la mesa y los asientos, con las manos en los bolsillos, un poco torcido el cuerpo, aguardando a que la luna trepara un poco más por encima de su hombro derecho.

—Es tarde —dijo la mujer—. No sé cómo bajé a abrirle.

Larsen acarició en el bolsillo el mensaje de Angélica Inés, pero no lo sacó. Dos ventanas doradas brillaban en la casa.

—Venga, si quiere, mañana. Ahora es muy tarde. —Él conocía aquel tono de provocación y espera.

—Avísale que estoy. Me mandó una carta invitándome a comer en la casa.

—Ya sé. Hace tres días. La llevé yo misma al Belgrano. Pero ahora está acostada y enferma.

—No importa. Tuve que ir a Santa María porque me llamó el señor Petrus. Decíle que le traigo noticias del padre. Aunque sea unos minutos; tengo que hablar con ella.

La mujer repitió el sonido que recordaba una risa. Larsen, con la cabeza echada hacia atrás, miraba las luces de la casa, se empeñaba en anular el tiempo que lo separaba del momento de pisar lo que era suyo, de acomodarse al lado del fuego en un alto sillón de madera, por fin de regreso.

—Está enferma, le digo. No puede bajar y usted no puede subir. Es mejor que se vaya porque tengo que cerrar.

Entonces Larsen se volvió lentamente, dudoso, excitando el odio. Vio a la mujer, pequeña, con la cara llena de luna, que le sonreía sin separar los labios.

—Se me hacía que no iba a volver más—murmuró ella.

—Traigo un mensaje del padre. Algo de verdadera importancia. ¿Subimos?

La mujer avanzó un paso y esperó a que las palabras y, un segundo después, su significado, murieran endurecidos, se disolvieran como sombras en el aire blanco. Después se puso a reír de verdad, sofocada y desafiante. Larsen comprendió; tal vez no él mismo: su memoria, lo que había permanecido arrinconado y vivo en él. Alargó una mano, rozó con el dorso la garganta de la mujer y después la dejó quieta y pesada sobre un hombro. Oyó que el perro gruñía y se levantaba.

—Está enferma y ya deber dormir —dijo Josefina. Se movió apenas, cuidando no espantar la mano, obligándola a aumentar su peso—. ¿No quiere irse? ¿No tiene frío aquí fuera?

—Hace frío —aceptó Larsen.

Ella, siempre sonriendo, entornados los pequeños ojos brillantes, acarició al perro para tranquilizarlo. Se acercó a Larsen, transportando la mano en el hombro, tan seguramente como si la llevara sujeta. Hasta que él se inclinó un poco para besarla, recordando imprecisamente, reconociendo con los labios un ardor y una paz.

—Imbécil —dijo ella—. Todo este tiempo. Imbécil.

Larsen movió complacido la cabeza. Le miraba, como en un reencuentro, los ojos cínicos y chispeantes, la gran boca ordinaria que mostraba ahora los dientes a la luna. Balanceando la cabeza, la mujer midió con asombro y regocijo la estupidez de los hombres, el absurdo de la vida, y volvió a besarlo.

Conducido por su mano, Larsen franqueó el límite que marcaba la glorieta en el centro del jardín, anduvo casi tocando la desnudez de las estatuas, conoció olores nuevos de plantas, de humedades, del horno para pan, de la enorme pajarera susurrante. Llegó a pisar las baldosas del piso de la casa, bajo la alta superficie de cemento que separaba las habitaciones de la tierra y el agua. El dormitorio de la mujer, Josefina, estaba allí mismo, al nivel del jardín.

Larsen sonrió en la penumbra. "Nosotros los pobres", pensó con placidez. Ella encendió la luz, lo hizo entrar y le quitó el sombrero. Larsen no quiso mirar el cuarto mientras ella iba y venía, ordenando cosas o escondiéndolas; quedó de pie, sintiendo en la cara el viejo, olvidado fulgor de la juventud, incapaz de contener la también antigua, torpe y sucia sonrisa, alisándose sobre la frente el escaso mechón de pelo grisáceo.

—Ponéte cómodo —dijo ella con voz tranquila, sin mirarlo—. Voy a ver si quiere algo y vuelvo. La loca.

Salió apresurada y cerró la puerta sin ruido. Entonces Larsen sintió que todo el frío de que había estado inpregnándose durante la jornada y a lo largo de aquel absorto y definitivo invierno vivido en el astillero acababa de llegarle al esqueleto y segregaba desde allí, para todo paraje que él habitara, un eterno clima de hielo. Hizo aumentar su sonrisa y su olvido; con furor y entusiasmo se puso a examinar el cuarto de la sirvienta. Se movía rápidamente, tocando algunas cosas, alzando otras para mirarlas mejor, con una sensación de consuelo que compensaba la tristeza, olisqueando el aire de la tierra natal antes de morir. Allí estaban, otra vez, la cama de metal con los barrotes flojos que tintinearían con las embestidas; la palangana y su jarra de loza verde, hinchando el relieve de las anchas hojas acuáticas; el

213

espejo rodeado por tules rígidos y amarillentos; las estampas de vírgenes y santos, las fotografías de cómicos y cantores, la ampliación a lápiz, en un grueso marco ovalado, de una vieja muerta. Y el olor, la mezcla que nunca podría ser desalojada, de encierro, mujer, frituras, polvos y perfumes, del corte de tela barata guardado en el armario.

Y cuando ella volvió, con dos botellas de vino claro y un vaso y cerró suspirando la puerta con la pierna para separarlo a él del frío mayor de la intemperie, de las uñas y los gemidos del perro, de tantos años gastados en el error, Larsen sintió que recién ahora había llegado de verdad el momento en que correspondía tener miedo. Pensó que lo habían hecho volver a él mismo, a la corta verdad que había sido en la adolescencia. Estaba otra vez en la primera juventud, en una habitación que podía ser suya o de su madre, con una mujer que era su igual. Podía casarse con ella, pegarle o marcharse; y cualquier cosa que hiciera no alteraría la sensación de fraternidad, el vínculo profundo y espeso.

—Hiciste bien, dame un trago —dijo, y aceptó entonces sentarse en el borde de la cama.

Bebió con ella del único vaso y trató de emborracharla mientras oponía al torrente de mentiras, preguntas y reproches, tantas veces oído, la sonrisa distraída y altiva que le habían permitido usar por unas horas. Después dijo: "Vos te callás", y apartó cuidadoso la jarra con hojas y flores para quemar en la palangana el salvoconducto a la felicidad que le había firmado el viejo Petrus.

No quiso enterarse de la mujer que dormía en el piso de arriba, en la tierra que él se había prometido. Se hizo desnudar y continuó exigiendo el silencio durante toda la noche, mientras reconocía la hermandad de la carne y de la sencillez ansiosa de la mujer.

Se despidió de madrugada y silabeó todos los juramentos que le fueron requeridos. Llevándola del brazo, flanqueado por ella y por el perro, recorrió hacia el portón el increíble silencio ya sin luna y no quiso volverse, ni antes ni después del beso, para mirar la forma de la casa inaccesible. Al final de la avenida, dobló hacia la derecha y se puso a caminar en dirección al astillero. Ya no era, en aquella hora, en aquella circunstancia, Larsen ni nadie. Estar con la mujer había sido una visita al pasado, una entrevista lograda en una sesión de espiritismo, una sonrisa, un consuelo, una niebla que cualquier otro podría haber conocido en su lugar.

Caminó hasta el astillero para mirar el enorme cubo oscuro, por mandato; hizo un rodeo para husmear silencioso la casilla donde había vivido Gálvez con su mujer. Olió las brasas de la leña de eucalipto, pisoteó huellas de tareas, se fue agachando hasta sentarse en un cajón y encendió un cigarrillo. Ahora estaba encogido, inmóvil en la parte más alta del mundo y tenía conciencia en el centro de la perfecta soledad que había supuesto, y casi deseado, tantas veces en años remotos.

Primero oyó el rumor; vio en seguida la luz amarillenta, aguda, en las hendijas geométricas de la casilla. El ruido fue al pricipio una ciega, aguda protesta de cachorros; después, a medida que él iba cometiendo el error de enterarse, se hizo humano, casi comprensible, imprecatorio. Tal vez la luz siniestra le dijera más que el grito sofocado e incesante; cerró los ojos para no verla y continuó fumando hasta que le ardieron los dedos. Él, alguno, hecho un montón en el tope de la noche helada, tratando de no ser, de convertir su soledad en ausencia.

Se alzó dolorido y fue arrastrando los pies hacia la casilla. Se empinó hasta alcanzar el agujero serruchado con limpieza que llamaban ventana y que cubrían en parte vidrios, cartones y trapos.

Vio a la mujer en la cama, semidesnuda, sangrante,

forcejeando, con los dedos clavados en la cabeza que movía con furia y a compás. Vio la rotunda barriga asombrosa, distinguió los rápidos brillos de los ojos de vidrio y de los dientes apretados. Sólo al rato comprendió y pudo imaginar la trampa. Temblando de miedo y asco se apartó de la ventana y se puso en marcha hacia la costa. Cruzó, casi corriendo, embarrado, frente al Belgrano dormido, alcanzó unos minutos después el muelle de tablas y se puso a respirar con lágrimas el olor de la vegetación invisible, de maderas y charcos podridos.

Los lancheros lo despertaron antes del amanecer debajo del cartel *Puerto Astillero*. Averiguó que iban hacia el norte y le aceptaron sin esfuerzo el reloj en pago del pasaje. Acurrucado en la popa se dispuso a esperar que los hombres terminaran la carga. Se levantaba el día cuando encendieron el motor y gritaron frases de despedida. Perdido en el sobretodo, ansioso y enfriado, Larsen imaginaba un paisaje soleado en el que Josefina jugaba con el perro; un saludo lánguido y altísimo de la hija de Petrus. Cuando pudo ver se miró las manos; contemplaba la formación de arrugas, la rapidez con que se iban hinchando las venas. Hizo un esfuerzo para torcer la cabeza y estuvo mirando —mientras la lancha arrancaba y corría inclinada y sinuosa hacia el centro del río— la ruina veloz del astillero, el silencioso derrumbe de las paredes. Sorda al estrépito de la embarcación, su colgante oreja pudo discernir aún el susurro del musgo creciendo en los montones de ladrillos y el del orín devorando el hierro.

(O mejor, los lancheros lo encontraron, pisándolo casi, encogido, negro, con la cabeza que tocaba las rodillas protegidas por el untuoso prestigio del sombrero, empapado por el rocío, delirando. Explicó con grosería que necesitaba escapar, manoteó aterrorizado el revólver y le rompieron la boca. Alguno después tuvo lástima y lo levantaron del barro; le dieron un trago de caña, risas y palmadas, fingieron limpiarle la ropa, el uniforme sombrío, raído por la adversidad, tirante por la gordura. Eran tres, los lancheros, y sus nombres constan; estuvieron atravesando el frío de la madrugada, moviéndose sin apuros ni errores entre el barco y el pequeño galpón de mercaderías, cargando cosas, insultándose con amansada paciencia. Larsen les ofreció el reloj y lo admiraron sin aceptarlo. Tratando de no humillarlo, lo ayudaron a trepar y acomodarse en la banqueta de popa. Mientras la lancha temblaba sacudida por el motor, Larsen, abrigado con las bolsas secas que le tiraron, pudo imaginar en detalle la destrucción del edificio del astillero, escuchar el siseo de la ruina y del abatimiento. Pero lo más difícil de sufrir debe haber sido el inconfundible aire caprichoso de setiembre, el primer adelgazado olor de la primavera que se deslizaba incontenible por las fisuras del invierno decrépito. Lo respiraba lamiéndose la sangre del labio partido a medida que la lancha empinada remontaba el río. Murió de pulmonía en El Rosario, antes de que terminara la semana, y en los libros del hospital figura completo su nombre verdadero.)

ÍNDICE

Impreso en el mes de diciembre de 1980
en I. G. Seix y Barral Hnos., S. A.
Carretera de Cornellà, 134-138
Esplugues de Llobregat
(Barcelona)